I0561465

L'EXPÉRIENCE

DU

JEUNE AGE.

IMPRIMERIE A^me. BOUCHER, RUE DES BONS-ENFANTS,
N°. 34.

L'EXPÉRIENCE

DU

JEUNE AGE,

DÉDIÉE A SON ALTESSE ROYALE

MADEMOISELLE D'ARTOIS;

Par Mme. DE COURVAL.

TOME PREMIER.

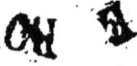

A PARIS,

CHEZ ANTH^e BOUCHER, IMPRIM.-LIBRAIRE,
RUE DES BONS-ENFANTS, N°. 34.

1823.

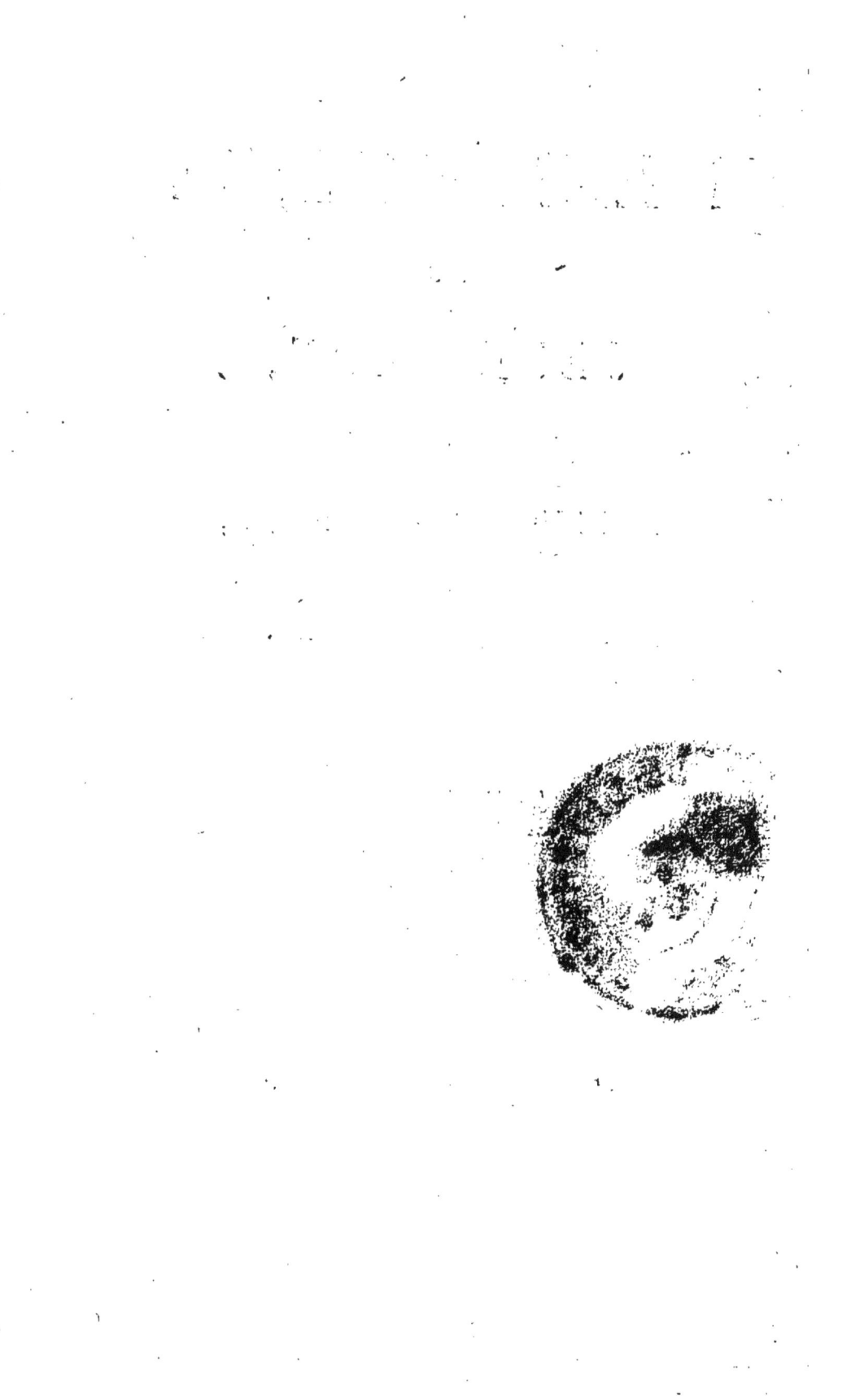

MADEMOISELLE D'ARTOIS.

MADEMOISELLE,

Si le zèle le plus vif, le plus sincère, suffisait pour faire un bon ouvrage , celui que Votre Altesse Royale a daigné me permettre de lui dédier serait un chef-d'œuvre ; mais malheureusement il n'en est pas ainsi, et j'ose à peine me flatter d'amuser quelques instans V. A. R. en plaçant sous ses yeux les différens traits que j'ai rassemblés sous le titre de *l'Expérience du jeune âge.* L'auguste protection que Votre Altesse Royale a eu l'extrême bonté d'accorder à ce faible essai, me donne l'espérance de le voir accueillir par mes jeunes lecteurs, mais ce que je désire surtout c'est qu'il puisse intéresser quelques momens V. A. R.

Dans le rang élevé où la Providence vous a placée, MADEMOISELLE, vous offrirez sans doute le modèle de toutes les perfections. La France est accoutumée à les révérer dans ses Augustes Princesses; mais le germe des vertus a besoin d'être développé, et je regarderais comme la plus douce des récompenses le bonheur d'avoir pu y contribuer en faisant éprouver à Votre Altesse Royale quelques-uns des sentimens qu'elle trouvera exprimés dans cet ouvrage, et que sa belle âme est faite pour sentir et apprécier: l'amour de la religion, de la vertu, et le dévouement le plus vrai à l'auguste dynastie des Bourbons.

Je suis avec un très profond respect, de Votre Altesse Royale,

MADEMOISELLE,

La très humble et très obéissante
servante,

H. B. CASTEL DE COURVAL.

L'EXPÉRIENCE

DU

JEUNE AGE.

———◆———

QUELQUES moralistes prétendent que l'expérience des autres est perdue pour nous, et que c'est seulement à nos dépens que nous pouvons en acquérir; je ne pense pas tout-à-fait ainsi. Je crois qu'il est quelques esprits sur lesquels des exemples de vertu peuvent influer, et c'est pour ceux-là que j'écris.

J'espère en leur montrant la vertu

I...

comme la véritable source de la félicité, la leur faire aimer. Ainsi dans les petites histoires que je rassemble ici, j'ai tâché d'offrir aux enfans des motifs assez puissants pour les engager à imiter les modèles que je leur présente, en leur faisant voir que le bonheur est la récompense des efforts que l'on fait sur soi-même pour se corriger de ses défauts, et pour développer les qualités précieuses dont chaque enfant bien né porte le germe en lui-même.

Telle a été mon intention en recueillant les différens traits qu'on va lire: puissent quelques uns de mes jeunes lecteurs profiter du soin que j'ai mis à m'informer de la vérité de tout ce que je rapporte, et retirer

quelque fruit de l'expérience, que
les enfans dont il est ici question
n'ont acquise qu'à la longue, et quelques uns d'entre eux avec beaucoup
de peine.

CLARA,

ou

LA JEUNE BIENFAITRICE.

COMMENT rendre un enfant bienfaisant? disait un jour Mme. de Villars à un homme instruit et estimable qui se trouvait près d'elle. — En lui faisant connaître et goûter le plaisir d'obliger, répondit celui-ci. —Sans contredit, mais l'enfant donne sans savoir ce qu'il fait; il est un âge où l'on ne connaît pas le prix de l'argent.... — Je vous arrête ici, Ma-

dame, il ne tient qu'à vous de le lui
apprendre, et de lui donner tout le
mérite d'une bonne action. Je vais
vous raconter ce qui m'est arrivé
dernièrement avec ma fille et mon
neveu : Clara a cinq ans, et Félix six.
Nous étions aux Champs-Élysées depuis quelques minutes, lorsqu'un
pauvre vieillard vint nous demander l'aumône ; ma fille me pria de lui
donner ; je le voudrais, lui répondis-
je, mais je n'ai d'argent que tout juste
ce qu'il en faut pour vous acheter
tout-à-l'heure à chacun un gâteau
pour votre goûter. — C'est égal papa,
donnez-lui. — Mais non, ce n'est
point égal, car si je lui donne cet argent vous n'aurez pas à goûter et
vous aurez faim ; il est vrai que vous
aurez à souper, et que peut-être ce

vieillard n'a rien mangé depuis le matin et n'aura peut-être rien non plus pour souper. — Oh papa, demandez-lui donc je vous en prie. — Je le demandai, et le vieillard ne manqua pas de répondre qu'il n'avait pas mangé de tout le jour et n'avait pas un sou pour acheter du pain. — Donnez-lui donc bien vite, interrompit ma fille. — Fort bien, mon enfant, si tu veux te priver de goûter, j'y consens; mais ton cousin peut-être n'est pas de cet avis, et tu ne peux disposer de ce qui lui est destiné. — Eh bien, Félix, dit ma fille, veux-tu donner ton goûter? — Mais comme mon oncle voudra. — Non, repris-je, ce n'est pas de mon goûter qu'il s'agit, c'est du tien; c'est à toi de savoir si tu préfères te pas-

ser de manger pour que ce malheureux puisse appaiser sa faim, ou, si tu
aimes mieux, avoir ton gâteau et le
laisser souffrir. — Fi! s'écria ma
fille voyant qu'il hésitait, si tu gardes
le gâteau je ne t'aimerai plus Félix;
j'ai faim aussi moi, mais je suis sûre
d'avoir à souper, et si ce pauvre
homme n'a pas mangé depuis le matin, il doit avoir bien plus faim que
nous : comment pourrait-il se cou-
cher sans souper ? — J'embrassai ma
fille, et Félix se décida en voyant
combien j'étais satisfait de la conduite de sa cousine; l'argent fut donné au vieillard qui les combla de bénédictions; je n'achetai rien, on se
passa de goûter, mais je répétai plusieurs fois qu'une bonne action était
la preuve d'une belle âme, et méri-

tait l'estime; je parlai de la satisfaction du pauvre vieillard qui, par leur
générosité, allait prendre quelques ali-
mens; je leur montrai tout le plaisir
que je ressentais de les voir déjà sus-
ceptibles d'éprouver le désir de soulager, de secourir les infortunés; je leur
dis que la bienfaisance était le sentiment qui nous attirait la bénédiction
du ciel et l'estime des hommes. Enfin,
de retour à la maison, je leur fis servir à souper, et leur rappelai combien le pauvre homme était heureux,
après une journée de jeûne, d'avoir
enfin trouvé dans le sacrifice qu'ils
avaient fait d'un léger repas, la possibilité d'en faire un qui soutiendrait
sa vie; je causai avec eux d'un air
de considération inspiré par leur
bonne action, et ils se couchèrent le

cœur rempli d'un sentiment de bonheur qui fixera à jamais dans leur âme
le désir de faire un acte de bienfaisance quel que soit le sacrifice
qu'il leur faille s'imposer pour y parvenir. J'en acquis la preuve quelques
jours après. Clara avait reçu de son
oncle un joli nécessaire à ouvrage,
garni en or, et ce présent l'avait exces-
sivement flattée; elle se servait de son
petit dé, de ses ciseaux avec une importance tout-à-fait comique. Pendant qu'elle était à travailler à côté
de sa mère dans le jardin, une pauvre femme avec un enfant s'arrête à
la grille, et implore la charité; ma
femme lui fait donner un morceau
de pain; Clara demande à le porter
elle-même, et s'empresse d'aller l'offrir à la pauvre femme; celle-ci en

casse une partie qu'elle donne à son
enfant, et met l'autre dans son ta-
blier en disant que c'est pour son
mari qui est au lit. « Mais, lui répondit Clara, quand on est malade on ne
mange pas; maman dit que cela fait
du mal. — Sans doute, ma belle demoiselle, lorsqu'on a la fièvre, mais
mon mari ne l'a pas; il est charpen-
tier, et s'est blessé à la jambe en
travaillant, il est obligé de garder le
lit pour se guérir, mais cela ne lui
ôte pas l'appétit, il n'y a que notre
misère qui lui fait scrupule de manger un pain qu'il ne peut gagner; si
seulement j'avais de l'argent pour
payer un chirurgien, mon mari serait
bientôt guéri, mais je n'en ai point,
et il souffrira peut-être encore long-
temps. — Et combien vous faudrait-

il pour faire soigner votre mari ? — Je ne sais pas positivement, reprit la femme, mais peut-être une douzaine de francs.» Clara revint vers sa mère en la priant de donner douze francs à la pauvre femme pour faire soigner son mari. « Je ne le puis, ma chère enfant, lui répondit sa mère; tu sais que je prends chaque semaine sur l'argent destiné à ma dépense particulière, une petite somme que je distribue à des infortunés qui sont accoutumés à ce secours, je n'ai rien dont je puisse disposer. — Ah! maman, reprit la petite, si vous me permettiez...? — Quoi mon enfant? que veux-tu que je te permette...? — Maman, ce joli nécessaire il vaut bien douze francs? — Oui, ma fille,

et même beaucoup plus. — Eh bien,
maman, si vous m'accordiez la permission de le donner à cette pauvre
femme, elle le vendrait, et aurait de
quoi faire soigner son mari. — Sans
doute, mais comment pourrais-tu te
priver d'une si jolie chose? C'est un
bijou charmant; je croyais que tu
y tenais beaucoup? — Oh oui, maman, cela est vrai, il me faisait grand
plaisir encore tout-à-l'heure; mais à
présent que je sais qu'un homme
souffre et que je pourrais le soulager en le donnant, il me semble que
chaque fois que je le regarderais
quelque chose me reprocherait de
n'en avoir pas fait le sacrifice; il leur
serait si utile, tandis que pour moi
ce ne serait qu'une privation, car je

puis bien m'en passer... Maman, per-
mettez-moi de le donner. — Je le
veux bien, mon enfant, mais réflé-
chis encore. — Non, non, maman, le
pauvre homme sera guéri; » et prenant la cassette dans laquelle elle
eut soin de remettre le dé et les ciseaux, elle courut vers la pauvre
femme pour la lui donner; celle-ci
ne voulut pas la prendre sans savoir
si on permettait à l'enfant d'en disposer. A la prière de Clara, sa mère
vint à la grille, et sur un signe qu'elle
fit à la pauvre femme, elle l'accepta
en bénissant mille fois la jeune demoiselle dont la généreuse bienfaisance allait rendre à son mari la santé, à ses enfans un père dont le travail pourrait suffire à leurs besoins;

les larmes de reconnaissance que versait cette infortunée firent une vive impression sur Clara, qui assura sa mère qu'elle ne regrettait pas du tout le sacrifice de sa boîte, la satisfaction qu'elle en ressentait était bien au-dessus de celle que lui procurait la jouissance du bijou qu'elle venait de donner. Je n'ai pas besoin de vous dire que ma femme envoya les douze francs à la pauvre malheureuse, et reprit le nécessaire que j'ai enfermé dans mon secrétaire; je le regarde chaque jour avec reconnaissance, en remerciant Dieu d'avoir donné à mon enfant un cœur sensible et généreux; sa mère lui a procuré la plus douce récompense, celle de voir ceux qu'elle avait rendus heu-

reux : après s'être informée de cette
famille, lui avoir fait donner les secours dont elle avait besoin, elle y
conduisit Clara ; le mari commençait
à marcher, et ses enfans sautaient
autour de lui, tandis que sa femme
apprêtait leur soupe. En apercevant
ma fille, elle s'écria : « Mon ami, c'est
notre jeune bienfaitrice ! Mes enfans,
c'est celle qui a soulagé notre misère,
qui a fait guérir votre père !... » A ces
mots le mari et les enfans entourè-
rent Clara, tandis que la femme
voulait se jeter à ses pieds. Ma fille
était si fortement émue que des larmes de bonheur coulaient sur ses
joues sans qu'elle s'en doutât; son
jeune cœur était surchargé d'une
joie délicieuse qu'elle ne put expri-

mer qu'en se jetant dans les bras de sa mère et se serrant fortement sur son sein comme pour lui communiquer les sentimens qui remplissaient son âme:«Soyez sûre, Madame, ajouta l'heureux père, que faire naître l'occasion d'exercer la bienfaisance est le seul moyen d'en donner le goût : tout enfant bien né, qui aura joui une fois du plaisir de soulager un malheureux, sentira que sécher les larmes des infortunés est le plus grand bonheur que l'on puisse goûter sur la terre ; et la bienfaisance, la plus belle comme la plus douce des vertus. Qu'aucun enfant ne soit donc arrêté par la crainte de la privation qu'il devrait s'imposer pour faire une bonne action; qu'il essaye seulement, et bientôt il sera convaincu par le bonheur qu'il goûtera qu'il n'y a pas de plus douce jouissance que celle de soulager un infortuné: que l'exemple de Clara l'encourage à en faire l'expérience; celle-ci sera pour lui sans inconvénient.

LA FAMILLE DE St.-JUST,

ou

L'EMPIRE DES VERTUS.

MADAME de St.-Just avait quatre
enfans, deux filles et deux fils; elle
était veuve d'un brave officier, mais
la fortune qu'il lui avait laissée pouvait à peine suffire à élever sa nom-
breuse famille; son bien-être dépen-
dait d'un oncle de son mari, vieillard
dont le cœur était bon, mais le caractère difficile; n'ayant jamais eu
d'enfant, il n'aimait ni le bruit de

leurs jeux, ni le mouvement presque
continuel qui résultait de leur présence: cependant c'était sur l'intérêt
qu'il prendrait aux siens que M. de
St.-Just fondait toutes ses espérances.

Adolphe, l'aîné de ses fils, était vif,
étourdi, spirituel, peu appliqué, mais
les heureuses dispositions dont la nature l'avait doué, réparaient ce dernier défaut; car il saisissait avec tant
de facilité tout ce qu'on lui disait,
qu'il faisait en peu de minutes ce que
ses camarades mettaient des heures
entières à composer; il lui suffisait de
lire deux fois ses leçons pour les
réciter sans faute; de manière qu'il
était toujours le premier de sa classe.
Mais ses succès pouvaient à peine lui
faire pardonner les nombreuses étour-
deries qu'il commettait sans cesse;

de sorte qu'au lieu de jouir du contentement que ses progrès auraient
donné à ses parents, le malheureux
Adolphe voyait avec une douleur
sincère les reproches succéder aux
éloges qu'on lui avait donnés; il sentait ses torts, se promettait de les réparer, mais n'ayant pas assez de courage pour dompter la fougue de son
caractère, il se laissait emporter de
nouveau, et perdait chaque jour dans
l'esprit de cet oncle, dont l'amitié lui
était si nécessaire. Que serait-il de-
venu si celui qui est le père des or-
phelins n'avait daigné lui accorder
un puissant intercesseur auprès de
cet oncle, bon, mais sévère? Adolphe
avait une sœur qui réunissait aux
aimables qualités de son frère, la
douceur de caractère qui lui man-

quait, et une raison bien au-dessus
de son âge. Valérie avait à peine atteint sa dixième année, que déjà
elle avait acquis un plein empire sur
elle-même; elle savait réprimer sa
vivacité parce qu'elle importunait
son oncle; elle ne se disait pas: mon
oncle est exigeant; elle se disait : mon
oncle représente notre père, il a droit
à nos respects, il est le seul appui de
ma famille, il est le bienfaiteur de
mes frères, la consolation de notre
mère chérie : ah! combien nous de-
vons l'aimer! Elle apprenait ses devoirs à sa petite sœur, à son jeune
frère, les rappelait à Adolphe pour
contenir sa gaîté bruyante, et lorsqu'elle n'avait pas réussi, elle trouvait quelque moyen de diminuer sa
faute aux yeux de leur oncle, avec

un tact que la bonté de son âme lui donnait. Son frère Léon était colère, entêté, boudeur; Valérie, avec son extrême douceur, tâchait de lui faire sentir combien ces défauts étaient odieux, combien ils l'exposaient à attirer sur lui la malédiction de Dieu par le chagrin qu'ils causaient à leur tendre mère, qui chaque jour voyait ses remontrances sans effet, et était obligée d'avoir recours à des punitions qui coûtaient à son cœur; la peine qu'elle en ressentait influait sur sa santé au point de la détruire; quelquefois elle se trouvait obligée de garder le lit, et l'oncle prenait en aversion l'enfant coupable qui rendait sa mère malade par l'opiniâtreté de ses défauts; Julie, la dernière fille de Mme. de St.-Just, et le plus jeune de

ses enfans, était un composé des défauts de ses frères sans avoir aucune
de leurs bonnes qualités; le cœur n'é-
tait pas méchant, mais les dispositions
étaient si mauvaises qu'on aurait pu
désespérer de la corriger jamais, sans
la patience inépuisable et l'angélique
douceur de Valérie, qui, attentive à
reprendre sa sœur, ne l'était pas
moins à atténuer ses fautes aux yeux
de ses parens, afin de leur éviter le
chagrin de la voir aussi indocile, aussi
entêtée, aussi colère; c'était Valérie
qui était chargée de faire lire sa
sœur. Depuis deux ans elle s'acquit-
tait de cette tâche avec autant de zèle
que de capacité; mais Julie qui avait
déjà six ans accomplis, ne savait pas
encore épeler parce qu'elle ne faisait
aucune attention à ce qu'on lui mon-

trait; Valérie, pour ne pas affliger
sa mère en lui faisant connaître l'i-
gnorance de Julie, lui demanda de ne
lui rendre compte des progrès de sa
sœur que le jour de sa fête, qui était
encore éloigné de quelques mois. Madame de St.-Just y consentit, et Valérie fit tant auprès de sa petite éco-
lière, lui représenta si vivement le
chagrin qu'elle causait à ses parents,
qu'elle parvint, dans l'espace de temps
qu'elle avait demandé, à faire lire à-
peu-près couramment l'indocile Julie.
Mais il en résulta un bien plus grand
avantage encore, c'est que l'application qu'elle avait mise à sa lecture
l'avait rendue un peu moins étourdie, par cela même elle fut moins
grondée, et se mit moins souvent en
colère : ce changement n'échappa

ni à sa mère, ni à son oncle, et lui attira des louanges qui, en flattant son jeune cœur, lui inspirèrent l'envie de se corriger.

Lorsqu'on désire vivement une chose, et qu'on ne néglige pas d'implorer le secours de Dieu pour y parvenir, on y réussit toujours : c'est ce qui arriva à Julie ; le lendemain de la fête de sa mère, encore émue des douces caresses qu'elle avait reçues la veille, elle vint trouver sa sœur en la priant de l'aider à se vaincre. « J'aurai bientôt sept ans, lui dit-elle, j'ai été bien méchante jusqu'ici, je sens que je n'ai pas un moment à perdre si je veux pouvoir surmonter mes défauts ; je te prie, ma chère Valérie, de me pardonner d'avoir si mal reçu tes soins ; mais à

2...

présent, si tu veux bien me les accorder encore, je te promets d'en profiter. » A ces mots, Valérie heureuse des bonnes dispositions de sa jeune sœur, l'embrassa tendrement, et l'assura qu'elle ne négligerait rien pour lui rendre plus facile la tâche qu'elle s'imposait ; elle l'encouragea, la soutint par son exemple, et eut le plaisir de la voir devenir peu à peu ce qu'on désirait qu'elle fût, attentive à ses leçons, douce envers ses maîtres, soumise à ses parens, complaisante pour ses frères, prévenante pour tous. Ce changement fut l'ouvrage de la douceur et de la patience infatigables de Valérie, qui en fut récompensée par les tendres bénédictions de sa mère ; mais elle n'avait pas eu le même bonheur avec ses frères :

l'un, toujours emporté par son étourderie, accumulait sur lui, par ses
sottises, le mécontentement de son
oncle; l'autre, par son entêtement
et sa violence, s'était tout-à-fait
aliéné son cœur, et il pouvait à
peine supporter qu'on parlât de ce
méchant sujet, car c'était ainsi qu'il
désignait Léon. Vainement madame
de Saint-Just dérobait à la connaissance de son oncle la plupart des
fautes de ses fils. M. de Clarenville
en apprenait toujours assez pour
avoir de justes sujets de plainte. Valérie, dont toute la conduite était parfaite, dont l'étude constante était d'embellir les jours de ses parens par ses
soins, sa tendresse, les talens qu'elle
avait acquis et perfectionnés pour
leur plaire; Valérie qui, par la réu-

nion de tous ces moyens, avait sur
son oncle un juste empire, essayait
souvent sans succès d'en faire usage
en faveur de ses frères, et elle craignait vivement que M. de Clarenville
ne fût assez mécontent d'eux pour ne
pas consentir à faire ce qui serait
nécessaire pour leur procurer un
état honorable; le moment en appro-
chait, car ils allaient incessamment
terminer leurs études; bientôt ses
craintes s'accrurent d'une manière
cruelle.

L'indomptable Léon se prit de
querelle avec un de ses camarades
pour un mot qui lui avait déplu; aux
injures succéda l'emportement; n'é-
tant plus maître de lui, l'impétueux
jeune homme saisit un morceau de
fer qui se trouva malheureusement

sous sa main, et le lançant avec fu-
reur sur celui avec qui il disputait,
il l'étendit à ses pieds. A cette vue, le
frère de l'infortuné ramassant l'ins-
trument fatal, se jeta sur Léon, et
l'en frappa avec une telle prompti-
tude qu'on ne put ni le prévoir ni
l'empêcher. On s'empressa de les
séparer, mais avant qu'on eût pu y
parvenir, le coupable Léon était
puni; son bras droit dont il s'était
servi pour parer les coups qu'on lui
portait sur la tête, était cassé, et
dans la lutte qui s'établit pour le dé-
gager des mains de son adversaire, il
fut renversé et se cassa la jambe en
tombant. Ce fut dans cet état qu'il
fut rapporté chez sa malheureuse
mère. Adolphe, qui n'était pas présent à cette scène, n'eut pas plutôt

appris ce malheur, qu'il en sentit
toutes les conséquences; non-seulement il voyait son frère dangereu-
sement blessé, mais encore un
jeune homme tué par lui!... et ce
jeune homme était le fils d'un homme
puissant dont la vengeance allait
sans doute retomber sur toute sa famille! Effrayé de ces pensées, qui
s'offrirent à son esprit avec la rapi-
dité de l'éclair, l'étourdi oubliant
que sa mère ignorait tout, et avait
besoin d'être prévenue doucement
de ce double malheur, s'élança avec
impétuosité devant ceux qui por-
taient l'infortuné. Adolphe entre au
salon, tout essoufflé, en s'écriant :
« Grand Dieu! que devenir, Léon est
expirant!... et il a tué le fils du comte
de Mirepoix!..» A ces mots madame

de Saint - Just fait un cri et s'éva-
nouit. M. de Clarenville jette un regard foudroyant sur l'étourdi, qui
s'aperçoit de sa faute, vole vers sa
mère, en disant: « Et moi je suis son
assassin. » Valérie, bouleversée, croit
entendre qu'il a tué son frère, et
tombe sans force à côté de sa mère.
Adolphe au désespoir de ne savoir
mesurer aucune de ses expressions,
s'abandonne à tout ce qu'il éprouve
avec cette vivacité qui le caractérise,
tandis que le vieillard épouvanté à la
vue de ses nièces bien aimées, sans
couleur et sans vie, le chasse avec
emportement de sa présence, et jure
qu'il ne le reverra jamais. Au moment même l'infortuné Léon entrait
dans la maison qu'Adolphe venait
de remplir de trouble et d'effroi.

Cette vue, en le rappelant à lui-même, lui inspira assez de présence d'esprit pour faire conduire son frère dans sa chambre, envoyer chercher le médecin, enfin donner ordre à ce que sa mère et sa sœur ne pouvaient faire en cet instant, puisque son étourderie les avait privées de toutes leurs facultés.

Valérie, plus forte que sa mère, eut bientôt repris ses sens; mais madame de Saint-Just ne sortait d'un évanouissement que pour retomber dans un autre : en vain le médecin qui avait été appelé pour Léon, lui prodigua-t-il tous les soins possibles, il fallut la mettre au lit sans qu'elle eût recouvré la connaissance; une maladie grave se déclara, et pendant six semaines elle fut aux portes du tombeau. Qui peindrait l'état du malheureux Adolphe tant que dura le danger! Jour et nuit errant autour de la maison dont son oncle l'avait banni, dévoré de douleur, craignant de perdre sa mère, se reprochant de l'avoir lui-même plongée dans la tombe par son étourderie, il n'avait pas un instant de repos.

Léon n'était pas plus heureux; non-seulement il souffrait d'affreuses douleurs des fractures de ses membres, mais le remords déchirant d'avoir *tué un homme* s'attachait à lui; il le voyait toujours étendu à ses pieds et poussait des gémissemens convulsifs qu'on attribuait à ses douleurs physiques, tandis que c'étaient les reproches de sa conscience qui les lui arrachaient; bientôt la fièvre que lui donnèrent tant d'agitations augmenta le danger de son état au point que l'on désespéra de sa vie. « Voilà donc, disait M. de Clarenville à la douee Valérie, qui partageait ses soins entre sa mère et ses frères (car vingt fois le jour elle écrivait de petits billets à Adolphe pour le consoler, ou du moins l'empêcher de se livrer à son désespoir); voilà donc, lui disait-il, où nous ont conduits ces défauts que l'on regardait comme de peu de conséquence, l'un par son étourderie tue sa propre mère, l'autre par sa colère tue un homme, et se met lui-même au tombeau : » Valérie tâchait en vain d'adoucir ce tableau ; il n'y avait rien à dire contre des faits ; elle pleurait, priait, et n'avait d'espérance qu'en la bonté de Dieu ; sa

confiance et sa soumission lui obtin-
rent ce qu'elle demandait le plus ar-
demment, sa mère lui fut rendue,
le danger de son frère cessa, mais il
ne pouvait se rétablir tant que le remords qui torturait son âme conti-
nuerait à aigrir son sang; ne sachant
que faire pour le calmer, Valérie
imagina de lui persuader que le jeune
de Mirpoix n'était pas mort, puisque
son père n'avait pas fait de poursuites.
Cette idée assez plausible fit l'effet
qu'on en attendait, et bientôt Léon
se rétablit. On s'informa de celui
qu'on ne croyait plus au nombre des
vivans; on apprit avec une vive récon-
naissance envers Dieu, que Léon n'é-
tait pas coupable d'un meurtre; mais il
n'en avait pas moins mérité la juste
haine d'un homme redoutable, et

s'était préparé des regrets amers pour le reste de sa vie, car le coup que le jeune de Mirpoix avait reçu lui avait brisé le front, et par suite il avait perdu la vue : le malheureux père, privé des espérances que lui donnait ce fils, objet de ses plus douces affections, avait juré la perte de la famille de St.-Just, mais la religion réprimant ce mouvement pardonnable à l'excès de la douleur, il avait renoncé à tout sentiment de vengeance. Cette modération, dont la connaissance parvint à Léon, ajouta encore aux reproches qu'il se faisait. Il ne fut un peu consolé que lorsqu'en se levant il acquit la certitude qu'il resterait boiteux toute sa vie; ce fut pour lui un soulagement. « Et moi aussi, se dit-il, je serai infirme, et

je ne me mettrai plus en colère, puisque je ne saurais faire un pas sans me
rappeler ses funestes effets. » Léon
était trop puni pour n'être pas cor-
rigé; mais M. de Clarenville ne pouvait se décider à le revoir; il disait que c'était un frénétique, que la
moindre contrariété pouvait porter à
vous ôter la vie : Valérie, sans se re-
buter des refus de son oncle, plaidait
doucement la cause de ses frères.
Adolphe, aussi malheureux que Léon,
avait souffert moralement autant
que lui; le danger dans lequel son
étourderie avait plongé sa mère, lui
avait fait envisager ce défaut sous un
aspect assez effrayant pour lui donner la force de s'en corriger; jusqu'ici il l'avait considéré comme te-
nant à son âge, et ne pouvant avoir

des résultats bien sérieux ; on avait
beau lui dire qu'il avait souvent de
fatales conséquences, il ne pouvait se
le persuader ; mais sa mère au bord
de la tombe lui avait causé une douleur trop forte, trop profonde, pour
ne l'avoir pas convaincu. C'était en
vain que l'excellente Valérie assurait
son oncle du changement qui s'était
opéré dans le caractère de ses frères,
M. de Clarenville avait juré de ne
revoir ni l'un ni l'autre de ses
neveux. Valérie qui était persuadée que ses frères ne parviendraient
à regagner la bienveillance de M. de
Clarenville que par une entière soumission, les engagea à retourner au
collége, et à ne témoigner à leur
oncle que le désir d'obtenir son pardon, sans se plaindre de le voir dif-

férer; l'extrême douceur de cette
jeune personne, son indulgente bonté,
les soins touchans qu'elle avait pro-
digués à leur mère, et à tous deux
pendant leurs souffrances, firent
assez d'impression sur Adolphe et
Léon, pour les déterminer à suivre
les conseils de leur sœur; et ce fut à
cette conduite qu'ils durent le retour de l'affection de leurs parens;
car madame de St.-Just, pour ne
pas augmenter le mécontentement
de M. de Clarenville, s'était imposé
la privation de ne pas recevoir ses fils,
et de ne leur donner aucune marque
de sa tendresse. Valérie seule avait
obtenu de son oncle la permission
de les voir quelquefois; mais les
visites qu'ils lui faisaient remplissaient leurs âmes d'une véritable dou-

leur. A leur arrivée dans la maison, toutes les portes se fermaient devant eux, un domestique les conduisait silencieusement à l'appartement de Valérie, et se retirait tristement après les y avoir annoncés; tandis qu'autrefois on venait au-devant d'eux avec affection et gaîté. A cette réception glacée leurs larmes coulaient, mais au lieu d'en murmurer, ils avouaient qu'ils ne l'avaient que trop méritée; la douceur de Valérie s'insinua peu à peu dans le caractère de ses frères, tempéra l'extrême vivacité et l'étourderie de l'un, et dompta la colère et l'entêtement de l'autre; mais ce qui contribua puissamment aussi à cet heureux résultat, ce fut l'espèce d'abandon et d'éloignement où on les tint pendant long-temps, qui les forcèrent à garder le souvenir des malheurs où ces défauts les avaient entraînés, et les obligèrent à reconnaître et à ressentir la puissante influence de la douceur : peut-être sans cette prolongation de sévérité seraient-ils redevenus les esclaves de ces défauts qui avaient failli faire de deux enfans bien nés, deux assassins !...

O vous! qui pourriez être enclins à contracter ces défauts, veillez sur vous-mêmes, n'attendez pas que l'habitude de vous y livrer augmente la difficulté de vous en affranchir; surmontez pendant votre enfance vos petites colères, ne vous persuadez pas que l'étourderie soit inséparable du jeune âge; tâchez d'être

attentifs à ce qu'on demande de vous.
Pour y réussir il est un moyen cer-
tain, c'est de le vouloir...! Souvenez-
vous qu'avec la volonté ferme de
bien faire, on surmonte les obstacles et on parvient à la perfection.

C'est ce qui arriva aux enfans de
madame de Saint-Just.

Julie, soutenue et encouragée par
sa sœur, parvint à vaincre ses mauvaises inclinations qui étaient en
grand nombre, et à y substituer des
qualités opposées qu'elle dut entièrement à ses efforts et à son travail,
car elle n'avait de disposition pour
rien de bon.

Adolphe devint aussi posé, aussi
raisonnable qu'il avait été brouillon
et étourdi.

Léon remplaça l'entêtement et la

colère par la patience et la douceur;
tout cela fut l'ouvrage de Valérie,
dont Dieu bénit les soins, parce
qu'elle ne négligea jamais d'implorer
ses secours et ses grâces, dans l'intime persuasion que lui seul pouvait
rendre ses peines fructueuses; elle
vit avec gratitude ses prières exau-
cées, et elle trouva sa récompense
dans la tendre estime de sa famille,
la reconnaissance de ses frères dont
elle fit le bonheur, en les réconciliant
avec leur oncle, qui ne pouvant rien
refuser à sa nièce chérie, lui accor-
da tout ce qu'elle désirait pour eux.
Elle fut donc regardée comme l'ange
tutélaire de tout ce qui l'entourait;
révérée et chérie de tous, souvent
ils lui répétaient que c'était particulièrement à sa patience, à sa

3..

douceur qu'ils avaient dû le courage de surmonter entièrement les défauts qui auraient fait le malheur de toute leur vie ; qu'ainsi c'était à elle qu'ils devaient leur félicité.

Quelle douce récompense ! et qui ne désirerait acquérir des vertus qui peuvent faire le bonheur non seulement de ceux qui les possèdent, mais encore de ceux qu'on chérit!

LA PRINCESSE DE L...,

ou

LA SIMPLICITÉ.

AVEZ-VOUS remarqué hier, chez la duchesse de Guebriant, cette jeune personne qui avait un air si doux et si gracieux, une mise si simple, et pourtant une tournure si noble, et qui paraissait s'occuper de la comtesse d'Alaire avec tant d'intérêt, disait M. de Villars à sa femme. — Certainement, et qui ne la remarquerait pas, la véritable simplicité est devenue si rare maintenant, que

lorsqu'on la rencontre elle inspire
un double intérêt; c'est la fille aînée
du prince Henri de L...; elle se nom-
me Isabelle, elle est remplie d'esprit
et ne s'en doute pas; d'instruction,
cela ne lui paraît être qu'une obligation de plus envers les personnes qui
ont été chargées de son éducation; pos-
sédant des talens charmans, elle ne
les regarde que comme une agréable
distraction, et n'imagine pas que
l'on puisse tirer vanité des choses
dans lesquelles on est continuellement surpassé par ceux qui en font
une étude particulière. Elle est douce, bonne, généreuse, sensible,
mais elle ne s'en attribue pas le mérite, une piété éclairée lui ayant appris à reconnaître que ces qualités
précieuses lui avaient été données

par Dieu même, qui lui en demande-
ra compte, et que l'orgueil les flé-
trirait toutes.

Personne ne pouvait être exposé
autant que cette charmante enfant
à recevoir les dangereuses atteintes
de ce vice destructeur de tout bien.
Long-temps fille unique, douée de
l'extérieur le plus séduisant, joignant
aux traits les plus délicats les formes les plus gracieuses et la phy-
sionomie la plus expressive, ido-
lâtrée de sa famille dont elle faisait
les délices, certes elle courait risque
d'être gâtée par les éloges continuels
dont elle était l'objet; née princesse,
la flatterie devait nécessairement en-
tourer son berceau.

Mais heureusement pour cette enfant, la personne qui fut chargée de

son éducation, fut frappée de ce danger, et mit tous ses soins à l'en garantir. Ce n'était pas chose facile, la piété seule pouvait opérer ce prodige; madame de Saint-Aubin y eut recours. Ce ne fut donc point en cachant à la jeune Isa tous les avantages dont elle était pourvue qu'elle chercha à la rendre humble, mais en les lui faisant remarquer au contraire pour en rendre grâces à Dieu qui les lui avait donnés, et en lui faisant connaître les obligations attachées à chacun de ces dons.

Vous êtes née princesse, lui disait-elle, mais ce rang vous impose le devoir de donner l'exemple de toutes les vertus; pour cela il faut les acquérir, et Dieu qui vous a comblée de bienfaits, à qui vous devez tout

ce que vous êtes, pourrait, si vous
cessiez un seul instant de le regarder
comme l'auteur de tout ce qu'on ap-
plaudit en vous, non-seulement vous
refuser les vertus, mais faire tourner
contre vous les qualités dont vous
seriez devenue vaine. Souvenez-vous
donc, lorsque des éloges retentissent
autour de vous, que ce qu'on admire
est son ouvrage et non le vôtre, car
ce n'est pas vous qui avez formé vos
traits, votre taille; votre esprit ne
peut se développer que suivant sa
volonté; demeurez donc convaincue
qu'il serait à-la-fois ingrat et fou de
tirer vanité d'aucun des dons qui
vous ont été faits. Soyez simple, fer-
mez votre âme à tout sentiment d'orgueil, puisque par vous-même vous
ne pouvez rien; soyez douce et bonne

3...

pour être aimée; soyez bienfaisante,
car c'est un devoir que Dieu impose
aux princes et aux riches; et de plus,
c'est le seul plaisir dont on ne se lasse
jamais, le seul vrai bonheur que l'orgueil, qui peut aussi l'empoisonner, ne
peut cependant détruire entièrement.
Tels furent les principes que cette sage
institutrice sut graver dans le cœur
de l'enfant confiée à ses soins, et qui
l'ont rendue la plus charmante personne de son sexe, en l'en rendant
la plus naturelle et la plus simple;
l'intime conviction qu'elle sut inculquer dans son âme, que les avantages que l'on tient de la nature ou
de la fortune sont des dons qui
doivent exciter la reconnaissance et
non l'orgueil, la préserva de ce défaut destructeur de tout bien, et lui

fit acquérir cette touchante simplicité qui se fait sentir dans toute sa
personne, et excite bien plus l'admiration que sa tournure élégante et
gracieuse; jamais elle ne l'abandonne et toujours elle plaît. Isa, dans
la chaumière du pauvre, est simple
avec une bonté qui n'ôte rien à la
noblesse de ses manières; Isa, dans
un bal, est simple avec grâce et
dignité; Isa, dans un cercle, est
simple avec cet esprit aimable et fin
qui s'embellit encore par le peu d'empressement qu'on met à le montrer;
enfin sa simplicité serait le plus
puissant de ses attraits, si elle n'y
joignait cette touchante bonté dont
vous avez vu une preuve dans ses
soins pour madame d'Alaire. Elle
connaissait peu cette dame, mais

elle remarqua son air souffrant et contraint, elle s'informa de ce qui pouvait le causer; on lui dit, en se moquant de la pauvre comtesse, que c'était sans doute parce qu'elle n'avait trouvé personne qui voulût écouter les vieilles histoires de son jeune temps. Isa ne répondit rien, mais peu de temps après elle alla se placer à côté de la vieille d'Alaire, et entama la conversation de manière à la conduire à son sujet favori; bientôt sa figure s'épanouit en donnant carrière à sa langue, et Isa satisfaite de la voir si heureuse, oublia l'insipidité de sa conversation, en ne s'occupant que du plaisir que lui donnait l'intérêt avec lequel elle paraissait l'écouter. L'idée que sa complaisance faisait passer à cette

pauvre délaissée quelques momens
agréables, a soutenu sa patience pendant tout le temps qu'il a plu à la
bonne dame de babiller. Depuis son
entrée dans le salon, j'avais suivi des
yeux tous les mouvemens de la princesse; et je demandai à madame de
Saint-Aubin, sa gouvernante, comment la jeune princesse pouvait
s'amuser de la conversation de madame d'Alaire. Elle l'avait deviné et
me l'expliqua. Je fus pénétrée d'admiration pour ce charmant caractère : elle me raconta que dernièrement la princesse de L. alla passer
quelques jours à la campagne chez
une de ses amies. Le feu prit au vil-
lage et le consuma presque en en-
tier. A la pointe du jour ; Isa était

levée pour distribuer aux malheureux tout ce qu'elle possédait, quoique le jour même elle dût accompagner la princesse dans une fête pour laquelle elle s'était proposé d'acheter plusieurs petites choses qui lui manquaient. Elle en fit le sacrifice sans regret, et demanda même à sa mère la permission de disposer de quelques bijoux pour soulager les plus infortunés; on le lui permit, et elle en fut plus heureuse que si elle eût reçu le plus beau cadeau : mais ce qu'il y eut de plus touchant, c'est que les paysans la prirent pour la fille de leur seigneur (qu'ils ne voyaient pas souvent, comme le prouvait leur méprise), et qu'elle ne les détrompa pas; elle lui laissa le

mérite de sa bonne action, et partit
avec sa mère sans que le secret de sa
bienfaisance fût connu.

Une autre fois, me dit madame de
Saint-Aubin, qui aime à parler de
son élève chérie, comme madame
d'Alaire de son jeune temps; une
autre fois, se trouvant dans une réu-
nion de jeunes personnes de son âge,
on joua à ces jeux d'esprit qui souvent ne sont qu'un moyen de montrer des prétentions, ou d'humilier
ceux qui n'ont pas la répartie vive et
ne savent pas saisir l'à-propos. La
princesse, toujours simple, ne cherchait rien de saillant; mais s'étant
aperçu qu'en proposant ce jeu on
avait eu l'intention de mystifier une
jeune provinciale qui était placée
près d'elle, Isa fit si bien qu'elle

trouva le moyen de l'aider sans qu'on
pût le remarquer, et lui fit non-
seulement éviter la confusion qu'on
avait voulu lui préparer, mais encore obtenir des succès. Personne
que moi ne devina ce qui se passait,
tant elle mit d'adresse à souffler à
cette jeune enfant ce qu'elle devait
répondre, à lui insinuer ce qu'elle
devait ne pas dire, trouvant continuellement moyen de la faire valoir
sans qu'on pût s'en douter; enfin,
employant toutes les ressources de
son esprit, non pas à briller, mais
à empêcher cette pauvre jeune personne d'être mortifiée par ses compagnes. Je voulus la féliciter à notre
retour à l'hôtel, ajouta madame de
Saint-Aubin, mais elle m'embrassa
en me disant: « Avez-vous donc assez

peu d'estime pour Isa, que de la louer d'avoir rempli un devoir si simple ! Les jeunes personnes avec qui nous étions ce soir n'ont pas eu le bonheur d'avoir une mère et une amie comme moi ! Elles sont légères, et n'ont point appris à ménager l'amour-propre des autres ; je serais comme elles si j'eusse été élevée de même : ce sont des actions de grâce que je dois rendre à Dieu de m'avoir donné ce qu'il y a de plus précieux au monde, une mère éclairée autant que tendre, et une amie, un guide tel que vous ; si je vaux quelque chose, c'est à Dieu et à vous que je le dois. » Je pourrais vous raconter une foule de traits semblables, ajouta madame de Saint-Aubin ; car il n'y a pas de jour qui n'en fournisse

quelqu'un ; mais je ne veux pas
abuser de votre patience à m'écouter. Voilà, mon ami, ce que l'on
m'a dit hier de la jeune princesse
dont la modeste simplicité vous a
frappé. Convenez qu'il serait à sou-
haiter que beaucoup de jeunes personnes lui ressemblassent. — Certainement, ma chère, reprit M. de Villars ; et si j'avais une fille, je ne
demanderais pas autre chose au ciel
que de la voir marcher sur les traces
de cette aimable princesse ; car la
simplicité qui la distingue convient
à tous les rangs, à tous les âges, et
ajoute un charme inexprimable à la
jeunesse, à l'esprit, et même à la
beauté ; comme vous l'avez remarqué, une piété sincère peut seule
la donner, c'est le premier de tous

les dons et le plus précieux; dans une
âme sensible et tendre la piété produit la perfection; dans un naturel
plus austère elle sert à adoucir, à
tempérer la sévérité qui rendrait la
vertu moins aimable; en un mot c'est
la douce piété qui embellit cette vie,
et c'est elle encore qui, en nous of-
frant l'espérance, nous rend moins
pénible le passage à celle qui nous
attend.

~~~~~~

FLORE DE LA MARRE,

OU

LA VANITÉ.

———◆———

FLORE avait dix ans, elle était assez avancée pour son âge ; de bons maîtres, le désir de recevoir des éloges, lui avaient fait faire des progrès, et on pouvait la compter au nombre des enfans distingués ; elle était douce, spirituelle, mais une vanité inconcevable dans un enfant de dix ans, qui, quelle que soit son intelligence, ne peut rien savoir que très imparfaitement, gâtait toutes ses heureuses dispositions et faisait craindre qu'elle ne manquât de jugement. Ses parens se désolaient et ne savaient comment la guérir de cette espèce de maladie; dès qu'elle se trouvait avec des jeunes personnes de son âge, elle s'empressait de faire parade de ce qu'elle avait appris, étourdissait des sonates les plus bruyantes celles qui ne connaissaient pas la musique, récitait des tirades de l'Arioste à celles qui n'entendaient pas l'italien, enfin accablait de son prétendu savoir celles qui avaient le bon esprit de ne pas parler du leur. Un jour, ennuyées de ses prétentions et de son babil, ses compagnes se donnèrent le mot pour se moquer d'elle. On l'invita pour une petite soirée; aussitôt elle exerce une so-

nate bien brillante dans l'intention
de les étonner toutes. On était sûr
d'avance de ce qu'elle ferait, et on
était convenu que dès qu'elle serait
au piano, on s'en irait l'une après
l'autre, en mettant à la place de
celles qui seraient le plus en vue,
des mannequins qu'on s'était procuré
et qu'on avait habillés et disposés
pour cela. Tout se fit comme on l'a-
vait désiré. Flore occupée de sa pièce
jouait de toutes ses forces, faisait un
bruit à assourdir, tandis que ses compagnes s'amusaient dans une autre
pièce à jouer à Colin-Maillard et aux
petits paquets : lorsqu'elle eut fini
elle se leva pour recueillir les applaudissemens auxquels elle était
accoutumée, mais quelle fut sa confusion en voyant qu'on ne l'avait pas

écoutée, et que de plus on se moquait
d'elle : dans son dépit elle voulait
s'en aller sans rien dire à personne,
mais le salon où elle se trouvait n'a-
vait pas d'autre issue que la pièce où
jouaient ses compagnes : comment
paraître à leurs yeux ? Quelle contenance faire après le tour qu'on lui
avait joué ? Si elle avait eu du bon
sens elle eût pris le parti d'en rire la
première, c'eût été le bon moyen de
déjouer leur malice ; mais sa vanité
était blessée, et le dépit qu'elle en
ressentait lui ôta la présence d'esprit. Flore ne vit donc pas ce qu'elle
avait à faire, et resta indécise assez
de temps pour que les jeunes personnes s'aperçussent qu'elle avait
cessé sa musique ; elles l'examinèrent
un moment à travers la porte, en-

suite entrèrent en riant aux éclats.
« Eh bien ! lui dirent-elles, est-ce que
votre auditoire n'a pas été assez si-
lencieux, dit l'une? Il ne l'a peut-être
été que trop, reprit une autre? Si ce
sont des applaudissemens que vous
regrettez nous allons vous en donner,
ajouta une troisième; nous n'avons
pas besoin de vous entendre pour
cela, nous savons d'avance que vous
jouez à merveille. » La pauvre Flore,
contrariée au dernier point, ne pouvait retenir ses larmes; en les voyant
couler, Mademoiselle Vilmain, fille
de la maîtresse de la maison, se reprocha sa peine, et s'approchant
d'elle, lui dit que si elle avait pu penser qu'elle prît cette plaisanterie au
sérieux, elle s'y serait opposée, mais
qu'on n'avait pas cru qu'elle s'en fâ-

cherait, qu'elle la priait de l'excuser
ainsi que ses compagnes, et de venir goûter pour avoir le temps de
l'oublier avant de se remettre à jouer ;
en achevant ces mots, mademoiselle
Vilmain prit Flore sous le bras et la
conduisit à la table où la collation
était préparée : refuser eût été de
mauvaise grâce, il fallut suivre ses
compagnes, mais n'ayant plus l'espérance de s'attirer leur admiration,
la soirée lui parut insipide ; cependant on dansa des rondes, on joua à
toutes sortes de jeux, mais elle ne
put s'amuser de rien. Mélanie, une
de celles qui avaient préparé la scène
des mannequins, et dont l'esprit avait
de la causticité, la railla plusieurs
fois sur son air sérieux. Je vois bien,
ma chère Flore, lui disait-elle, que

nous sommes de trop petites filles
pour toi ; tous ces jeux d'enfans ne
méritent pas ton attention, tandis
qu'ils nous réjouissent et que nous
rions de bon cœur des folies qui te
font pitié : aussi ta gravité pourrait
te donner place parmi des savans ;
mais c'est un avantage que nous ne
t'envierons pas, tant que nous ne
nous sentirons pas assez instruites
pour en profiter ; après lui avoir dé-
bité cela, tout en plaisantant, la jeune folle faisait un demi-tour et ren-
trait dans les jeux. Enfin le moment
de se retirer arriva ; les mamans qui
causaient dans un salon voisin donnèrent le signal, et Flore, empressée
de s'en aller, ne se fit pas appeler
deux fois.

Madame de Lamare remarqua bien

vite que sa fille avait eu quelques
contrariétés. Flore ne put dissimuler ce qui lui était arrivé ; sa
mère, après avoir entendu son récit, fit observer que ses compagnes
avaient voulu, par cette plaisanterie, se venger des prétentions
qu'elle montrait et de la vanité
qu'elle mettait à tout ; qu'elle ne devait pas trouver étonnant qu'en bles-
sant si souvent l'amour-propre des
autres, on le lui rendît ; enfin Madame de Lamare ne négligea rien
pour que cette petite mortification
fût utile à Flore, mais elle n'était pas
suffisante pour faire une impression
durable. On en fut convaincu quelques jours après. Il y avait à dîner
chez M. de Lamare plusieurs personnes de mérite. Flore ne put résis-

4..

ter au désir de se faire admirer, et
trouvant le moyen de se mêler à la
conversation, elle cita (même assez
à propos) quelques traits d'histoire,
des réflexions fort au-dessus de sa
portée, et qui prouvaient seulement
qu'elle avait presqu'autant de mé-
moire que de vanité. M. de Saint-Albe,
ami particulier de M. et de Mme. de Lamare, connaissant le chagrin que le
défaut de Flore causait à ses parens,
essaya de profiter de cette occasion et
résolut de l'humilier assez fortement
pour la guérir de la manie de briller;
ainsi faisant un signe aux autres personnes, il feignit d'être surpris des con-
naissances étonnantes de Mademoiselle de Lamare, lui adressa d'un air
de considération plusieurs autres
questions auxquelles elle n'était

point en état de répondre ; mais
aveuglée par son amour-propre, elle
raisonna, ou plutôt déraisonna avec
assurance pendant assez long-temps,
jusqu'à ce qu'enfin un rire général
s'élevant autour d'elle, elle fut forcée de s'apercevoir qu'on s'amusait
à ses dépens ; alors, aussi honteuse
que courroucée, Flore voulut quitter la table ; mais son père d'un coup-
d'œil lui défendit de sortir de sa
place. « Mademoiselle, lui dit M. de
» Saint-Albe, sans l'amitié que je
» porte à vos parens, je n'aurais pas
» pris la peine de vous donner cette
» leçon ; puissiez-vous en profiter,
» car le défaut que vous annoncez
» est le poison de toute espèce de
» bien ; il nuit au développement de
» l'esprit ; il prive celui qui en est

» atteint de l'estime et même de l'a-
» mitié, attendu que celui qui est
» possédé du désir de briller dans la
» conversation, sacrifiera son meil-
» leur ami au plaisir de dire un bon
» mot; la réputation, les sentimens
» du cœur seront immolés par lui, à
» l'envie d'être cité; et si ce défaut
» est haïssable dans un homme, que
» n'est-il pas dans une femme, dont
» la modestie doit être le partage;
» dans une femme qui, loin de cher-
» cher à attirer les regards, doit les
» éviter; dont les talens sont destinés
» à embellir la vie intérieure de sa
» famille, et non à briller aux yeux
» de tous? Il y a long-temps, Made-
» moiselle, que l'on a dit que la
» femme la plus estimable était celle
» dont on parlait le moins. Jugez

» donc combien il est méprisable et
» ridicule à votre âge, où l'on ne sait
» rien encore (comme vous venez
» d'en avoir la preuve par tout ce
» que vous nous avez dit depuis un
» quart d'heure), combien il est ri-
» dicule, dis-je, de vouloir attirer
» l'attention, de vous mêler de tout,
» et pour quelques phrases que vous
» avez retenues comme un perroquet,
» de-vous croire assez instruite pour
» prendre part à la conversation :
» croyez-moi, Mademoiselle, le seul
» moyen qu'une jeune personne
» doive prendre pour s'attirer la con-
» sidération, est de garder le silence
» et d'écouter (si son intelligence le
» lui permet) les entretiens des per-
» sonnes de sens, afin d'en acquérir
» elle-même et de former son juge-

» ment. » Pendant ce discours, Flore
déconcertée baissait la tête et n'osait
respirer : profondément humiliée de
s'entendre parler ainsi, elle ne pouvait cependant se dissimuler la vérité de ce qu'on lui disait, car l'enivre-
ment où l'avait jetée la feinte admiration de M. de Saint-Albe, s'étant dis-
sipé, elle sentait qu'elle avait dit des
sottises, et son amour-propre irrité
le lui reprochait vivement ; de gros-
ses larmes que la honte et l'orgueil
empêchaient de couler, roulaient
dans ses yeux fixés sur la terre ; toute
sa contenance indiquait l'angoisse de
son âme, mais on n'eut pas l'air de le
remarquer, et sans s'occuper d'elle
davantage on reprit la conversation
et on la continua comme si elle n'eût
pas été interrompue ; le dîner achevé,

Flore se retira dans sa chambre, et là, donnant un libre cours aux sentimens qui se partageaient son âme, elle fondit en larmes. Le rôle honteux qu'elle venait de jouer, la vanité qu'elle avait laissé voir, l'ignorance dont elle avait fait preuve, étaient autant de pointes acérées qui déchiraient son cœur gonflé d'amour-propre. La tête m'avait tourné, se disait-elle; comment ai-je pu ne pas voir qu'on se jouait de moi; que puis-je dire en effet que ces personnes ne sachent? Non, il faut absolument que je renonce à l'envie de me distinguer, cela me réussit trop mal. Elle fut confirmée dans cette résolution par une autre aventure qui lui arriva la semaine suivante; sa mère la mena à la galerie du Louvre,

4...

pour voir l'exposition des tableaux.
Madame de Lamare avait un billet,
elles s'y rendirent donc à l'heure où
on y trouve seulement quelques grou-
pes qui s'y promènent en examinant
et en causant. Pendant qu'elles étaient
arrêtées devant une allégorie qui les
intéressait, Flore s'entendit nommer,
elle écouta, et ne connaissant aucune
des personnes qui parlaient, elle crut
s'être trompée : quel fut donc son
étonnement en entendant répéter
mot à mot tout ce qui s'était passé
au fatal dîner, avec des commen-
taires sur ses sottes prétentions, sur
son excessive vanité, et, comme il
arrive presque toujours lorsqu'on
a donné lieu à la critique, on lui
refusait même le peu de mérite
qu'elle pouvait avoir ; on la disait

aussi bête qu'orgueilleuse; on ajou-
tait qu'elle était méchante, enfin
chacun en parlait avec le ton du plus
profond mépris... Madame de Lamare eut pitié de sa fille, qui, altérée de
s'entendre juger aussi sévèrement,
n'avait plus la force de supporter ce
qui se disait autour d'elle, et l'em-
mena sans dire un seul mot qui pût
ajouter à sa confusion. Flore, que le
désir d'obtenir des louanges avait éga-
rée au point d'avoir mérité des reproches dont l'amertume ne lui fut point
épargnée, vit enfin que le chemin
qu'elle avait suivi jusqu'alors ne pouvait lui attirer que des désagrémens,
et prit la résolution de se corriger.
Elle y parvint en veillant avec soin
sur elle-même; la simplicité et la
modestie remplacèrent peu à peu

l'orgueil et la vanité. On ne lui refusa plus alors les justes éloges qu'elle mérita ; car autant on se plaît à mortifier la vanité, autant on aime à rendre justice aux talens embellis par la modestie.

ADHÉMAR ET THÉODORE,

OU

LES EFFETS DE LA DOCILITÉ.

Tous les enfans ne sont pas également favorisés de la nature ; ils en reçoivent plus ou moins de dispositions au bien, plus ou moins d'esprit ou de vivacité ; pour moi, si j'étais le maître de choisir la qualité dont je voudrais que mon enfant fût doué, je me bornerais à demander la docilité. — La docilité !... s'écria madame de Blamont, c'est sans doute une qualité fort désirable, mais je lui préférerais de beaucoup l'esprit. — Pas moi, Madame, reprit M. de Saint-Marc, j'ai vu plusieurs enfans n'avoir pour eux que la docilité, et devenir des sujets très distingués; j'en ai vu d'autres remplis d'esprit, rester des sujets très médiocres, et cela tant hommes que femmes; cela fait à la vérité de fort jolies poupées de salon; mais quel est le père de famille qui désire seulement ce frivole avantage pour son fils ou sa fille? — Sans doute, mais la docilité ne peut tenir lieu d'intelligence. — D'abord entendons-nous, Madame, je ne parle pas d'un enfant tout-à-fait dénué d'intelligence, je parle d'un sujet ordinaire, c'est-à-dire qui n'a rien de marquant ni en bêtise ni en esprit. Vous m'accorderez, j'espère, que ce nombre

est le plus considérable: eh bien,
c'est de celui-là que je préfèrerais
que fût mon enfant, en le supposant
doué d'une docilité parfaite. — Ah!
par exemple, je ne vous conçois
pas. — Si vous voulez m'écouter un
instant, je parie que tout-à-l'heure
vous serez de mon avis. — J'en
doute, mais je consens volontiers à
vous entendre. — Vous connaissez
le jeune Adhémar? — Oui, beaucoup, c'est un jeune homme de mérite. — C'est lui-même qui va vous
convaincre que j'ai raison : à six ans
Adhémar perdit sa mère, femme
très distinguée qui avait mis tous
ses soins à rendre son fils d'une docilité à toute épreuve; l'enfant avait
peu de ces gentillesses qui font
croire aux parens que leur fils sera

un grand génie ; la mère ne s'en in-
quiétait pas ; le père au contraire
était persuadé quAdhémar ne serait
qu'un imbécille toute sa vie, et re-
portait toutes ses espérances sur
Théodore, dont les saillies aimables
annonçaient un esprit précoce et
des dispositions étonnantes. Les deux
frères furent mis en pension peu de
temps après la mort de leur mère,
et comme il y avait à peine une année de distance entre eux, ils furent
mis dans la même classe. Adhémar
n'avait pour lui que son extrême
docilité, et cette qualité au premier
moment ne frappa personne, tandis
que le babil spirituel de son frère le
rendit pour quelques jours l'objet
de l'attention de tous. Mais bientôt
Adhémar attentif à ce qu'on lui ex-

pliquait, ne se faisait jamais répéter
deux fois la même chose, mettant tous
ses soins à suivre les directions de ses
maîtres, à les entendre, à se confor-
mer à leurs avis, à ne pas juger de
ce qu'il ne savait pas, à former son
jugement d'après les règles qu'on
lui avait indiquées, pour se mettre
en état d'étendre son intelligence ;
Adhémar, dis-je, fut bientôt remarqué de ses instituteurs, il se les at-
tacha par sa confiance, car sa docï-
lité n'était pas produite par la crainte
du châtiment, mais seulement par
l'idée que sa mère avait eu soin de
lui inculquer, « que les personnes
» plus âgées que lui avaient aussi
» plus de science ; que les connais-
» sances qu'elles avaient acquises
» les mettaient en état de prévoir

» ce qui pouvait résulter de bien ou
» de mal des choses qu'elles con-
» seillaient, ou de celles qu'elles
» engageaient à éviter; que l'enfant
» qui entendait bien ses intérêts, de-
» vait mettre toute sa confiance dans
» la sagesse de ceux qui le gouver-
» naient, et être si docile à leurs avis,
» qu'il ne pût craindre qu'on refusât
» de lui en donner, ce qui arrivait
» presque toujours aux enfans qui
» rebutaient leurs maîtres par leur
» indocilité. » Pénétré de ces sages
leçons, Adhémar se fit aimer de ses
professeurs, et non seulement on ne
lui refusait pas les conseils ni les
explications, mais on cherchait tous
les moyens de lui faciliter le travail
qu'il faisait avec peine, son intelligence n'étant pas du tout remar-

quable; son frère au contraire entendait tout au premier mot, mais
oubliait facilement, confondait,
brouillait les idées et les faits; apprenait des pages qui ne lui offraient
aucune réflexion, et savait mille
choses sans en retirer aucun fruit;
enfin, au bout de l'année, Théodore
avait été à-peu-près chaque jour le
premier de sa classe; Adhémar n'avait
été que le cinquième ou le sixième, et
pourtant Adhémar en savait plus que
son frère; cette différence se fit sentir
plus fortement chaque année, car
l'intelligence d'Adhémar se développant, son jugement se forma de
plus en plus.

Docile aux avis de ses maîtres, il
surmonta toutes les difficultés, tous
les obstacles; il suffisait que son pro-

fesseur lui en indiquât le moyen et
lui assurât qu'il pouvait le faire,
pour que le confiant jeune homme
redoublât d'efforts et justifiât l'espérance qu'on avait conçue; tandis
que le brillant Théodore, saisissant
toujours tout avec facilité, ne gra-
vait rien dans sa tête, ne réfléchissait
qu'aux traits agréables à citer, à ceux
que l'on pouvait tirer de tels ou tels
sujets, et n'approfondissait rien;
comme le papillon léger, il ne ra-
massait sur les plantes les plus
rares qu'une poussière brillante,
tandis qu'Adhémar, semblable à la
laborieuse abeille, savait en extraire un suc précieux. Aux regards
du vulgaire cet enfant n'offrait rien
de saillant, jamais il ne s'avançait
dans la conversation, il écoutait at-

tentivement lorsque le sujet qu'on
traitait était à sa portée, ensuite,
lorsqu'il se trouvait seul avec son
instituteur, il lui communiquait ce
qu'il avait remarqué. Celui-ci, homme sage et éclairé, le laissait s'expliquer; ensuite si ses idées n'étaient
pas justes il les rectifiait, et cherchait à le convaincre, ce qui arrivait
aussitôt qu'il avait compris, car il
était trop docile pour mettre de l'a-
mour-propre ou de l'entêtement à
soutenir ses idées. Théodore, qui n'é-
coutait la conversation que pour
s'amuser, y plaçait quelquefois un
mot heureux, qui, étant applaudi, lui
donnait une trop bonne opinion de
lui-même pour lui inspirer l'envie
de rien demander à personne. De manière qu'arrivés à la fin de leurs

classes, celui qui y avait eu le plus
de succès, était celui qui était véritablement le moins instruit; et qu'aujourd'hui, Adhémar, qui n'avait été
qu'un écolier docile, est un jeune
homme distingué et d'un vrai mérite, tandis que le spirituel Théodore, toujours léger, toujours brillant, sera agréable au salon, mais
ne remplira jamais avec distinction
un poste honorable. Ce ne sera pas
lui que désignera l'estime publique
pour occuper une place importante;
ce ne sera pas à lui que le père de famille désirera que ressemble son fils.
Je vous ai cité Adhémar, Madame,
ajouta M. de Saint-Marc, parce que
vous le connaissez, je pourrais vous
en citer beaucoup d'autres encore,
si je ne craignais de vous fatiguer.

Par exemple, le petit Arthur Selby
n'a dû la vie qu'à son extrême docilité : il avait quatre ans quand le feu
prit à la maison de son père ; on fut
réveillé, au milieu de la nuit, par la
fumée qui pénétrait de tous côtés, et
des torrens de flammes se faisant jour,
tout-à-coup le corps de logis habité
par les enfans se trouva inaccessi-
ble; la gouvernante ne perdit pas la
tête, et ouvrant la croisée qui donnait
sur la rue, elle jeta les matelas, cou-
vertures, etc., criant qu'on les rangeât
au-dessous; ensuite attachant des
draps au bout les uns des autres,
elle lia fortement le petit Arthur dans
sa barcelonette et le descendit avec
les draps, avertissant l'enfant que
s'il remuait le moins du monde il
tomberait et se tuerait; l'enfant do-

cile ne bougea pas, et arriva jusqu'à
terre sans accident. Au lieu que sa
sœur, qui avait un an de plus et était
fort indocile, ne voulut jamais se laisser descendre de la même manière,
manqua périr, et fit casser la jambe
à sa gouvernante qui lui sauvait la
vie. Voyant les flammes gagner avec
violence, et rendre impossible toute
espérance de salut, elle se décida
à descendre avec l'enfant dans ses
bras, au moyen des draps et des
nœuds qu'elle avait faits tout du long:
mais n'ayant pas les deux mains libres, les forces lui manquèrent, et
elle tomba avec l'enfant qui faillit
être écrasé dans sa chute ; elle se
cassa la jambe et resta infirme toute
sa vie: ce fut pourtant le manque de
docilité de la petite Selby, qui seul

causa ce malheur, elle-même en fut cruellement punie ; car elle devint bossue par suite de la commotion qu'elle avait éprouvée en tombant.

Vous voyez, Madame, ajouta M. de Saint-Marc, que la docilité est bien préférable aux autres qualités qui, sans elle, deviennent nulles, tandis qu'un enfant docile ne peut manquer d'acquérir celles qu'il n'aurait pas eues en partage, en ayant soin de les demander à Dieu, qui ne refuse jamais de bénir les efforts que l'on fait pour devenir meilleur.

J'avoue, Monsieur, répondit madame de Blamont, que je n'avais jamais réfléchi aux avantages de la docilité ; mais les exemples que vous venez de me rapporter, me forcent d'avouer que c'est la qualité la plus précieuse, et que je souhaiterais pour ma fille ce que vous désirez pour votre fils, une docilité parfaite, comptant sur cette première qualité pour obtenir toutes les autres.

ADÈLE ET ÉMERANCE,

ou

L'AMABILITÉ.

Pourquoi donc, ma chère maman, disait la jeune Emilie à madame
la comtesse de Saint-Phal, sa mère,
pourquoi Emerance de Saint-Giles
est-elle infiniment plus aimée que sa
sœur Adèle ? Il me semble qu'Adèle
a plus d'esprit, plus de talens ; cependant je sens, comme tout le
monde, qu'Emerance me plaît davantage. — Mon enfant, cela vient

5..

de ce que tu partages le sentiment
général, qui fait préférer l'amabilité
à l'esprit, aux talens. — Qu'enten-
dez-vous donc par l'amabilité, maman ? Je croyais que pour être aimable il fallait avoir de l'esprit.—
Ma chère amie, l'esprit ajoute un
charme de plus à l'amabilité ; mais
on peut avoir de l'esprit sans être
aimable, comme on peut être aimable sans avoir beaucoup d'esprit :
un bon cœur, du tact, de la délicatesse, un grand fonds de complaisance et de bonté, de l'usage du
monde, de l'instruction, suffisent
pour se faire aimer, et être trouvé
généralement aimable. C'est l'extrême complaisance d'Emerance, son
empressement à aller au devant de
ce qui peut être agréable à chacun,

son désir d'obliger, qui la rendent
aimable et la font préférer à sa
sœur, qui, plus occupée d'elle-
même que des autres, ne songe ni
à prévenir les personnes avec lesquelles elle se trouve, ni à leur témoigner aucun désir de leur plaire;
non pas qu'elle dédaigne les éloges,
mais par la persuasion où elle est
qu'ils ne lui manqueront pas. Elle
sait qu'elle a de l'esprit; cette idée,
en lui donnant de l'orgueil, l'a privée de l'amabilité, et y a substitué
la sécheresse, fruit ordinaire de ce
vilain défaut.

Hier, lorsque M. d'Arminville demanda à Adèle de jouer ce petit air
qu'il affectionne, elle n'osa refuser;
mais elle se mit au piano d'un air
sec, joua plus sèchement encore,

sans grâce, et avec une espèce de
dédain qui semblait dire : Comment
peut-on prendre plaisir à entendre
de pareilles fadaises ! Tandis qu'E-
merance, au premier mot de son
oncle, s'est mise au piano avec gaîté,
et a joué de son mieux tout ce qu'il
lui a plu de lui indiquer, quoique ce
fussent des airs de l'autre siècle, des
pont-neufs, etc. Veut-on aller se pro-
mener ? Emerance est prête ; veut on
rester ? si cela vous plaît davantage, c'est une raison suffisante pour
qu'Emerance soit satisfaite ; tandis
que si Adèle n'est pas disposée à
faire ce qu'on désire, elle montre du
dépit, de la contrariété. Dans les
petites réunions de jeunes personnes
de son âge, Adèle cherche son amu-
sement, Emerance désire que ses

compagnes s'amusent, et pourvu qu'on ait l'air satisfait, Emerance est heureuse ; rien ne semble lui coûter pour faire plaisir à ses jeunes amies : toujours gaie, toujours prévenante, sa complaisance est à l'épreuve des caprices ; elle se prête à tous ceux qui ne sont pas entièrement à rebours du bon sens ; un sourire la paye de toutes ses peines ; comment ne chérirait - on pas un semblable caractère ? N'est - il pas préférable à l'esprit, qui fait de sa sœur une personne maussade dès que son amour-propre n'est pas satisfait ? En un mot, ma chère Emilie, soyez certaine que le plus sûr moyen de réussir à être aimé dans le monde, est d'être indulgente et attentive : la complaisance, unie à la simplicité, donne du prix à tout; la médiocrité, accompagnée de ces qualités, plaît souvent davantage que cette supériorité que l'esprit croit quelquefois pouvoir s'arroger dans la société. Cependant il est des personnes aimables et spirituelles en même temps, dont l'esprit est embelli des charmes de la douceur et de la modestie, et qui joignent la politesse à l'obligeance, et celles-là font l'agrément de la société; elles en sont recherchées avec autant d'empressement que l'on en met à déprécier l'esprit dépouillé de ces qualités précieuses; et voilà pourquoi Adèle, qui n'a jamais rien d'obligeant à dire ni à faire pour personne, vous plaît moins, malgré son esprit, que la complaisante Émerance.

Je vous remercie, ma chère maman, répondit la douce Émilie ; je ferai en sorte de me souvenir de cette explication, et d'en profiter.

5...

LOUISE ET FÉLICITÉ,

ou

FRANCHISE ET MENSONGE.

MADAME la comtesse de Miseri
avait deux filles : l'une de dix ans,
l'autre de douze; elles étaient fort
douces, mais de caractères différens.

Louise était vive, peut-être même
un peu étourdie; mais, docile et
d'une sincérité parfaite, jamais il ne
lui venait à l'idée de chercher à diminuer ses fautes en altérant la vé-

rité; elle avouait ingénument ce qui s'était passé, et recevait avec douceur les reproches ou les punitions qui lui étaient imposées.

Félicité, plus posée, aussi docile, aussi douce, avait un tel penchant à déguiser la vérité, que rarement elle disait une chose exacte; toujours il y avait du plus ou du moins dans ce qu'elle racontait, de manière que l'on ne pouvait jamais ajouter foi à ce qu'elle affirmait : il en résultait que Louise était estimée et aimée par tout ce qui l'entourait ; que dès qu'elle assurait une chose, on la croyait, parce qu'on était sûr qu'on le pouvait faire; tandis que Félicité, toujours soupçonnée, n'était point estimée, jamais crue et souvent punie.

Un jour, pendant que Louise était

avec sa mère au piano, Félicité, en
jouant au volant, cassa une tasse qui
se trouvait sur la cheminée; aussitôt,
craignant d'être grondée, elle passa
dans une autre chambre, où on la
trouva quand elle dut aller remplacer sa sœur à la leçon de musique;
le lendemain lorsqu'on arrangea la
chambre et que l'on vit la tasse cassée, on demanda à Louise si elle savait qui avait fait ce petit malheur;
elle répondit que non ; on ne s'avisa
pas de faire aucune question à Félicité, on savait d'avance qu'elle ne
dirait pas la vérité. Mais la Comtesse
voulut savoir si sa fille serait capable
de laisser punir quelqu'un pour une
faute qu'elle aurait faite; en conséquence, après s'être assurée que la
tasse n'avait pu être cassée que par

elle, madame de Miseri appela la
femme de chambre de ses filles, et
lui dit en présence des deux sœurs :
« Vous savez, Fanny, que je gronde
» peu lorsque l'on casse quelque
» chose, et que je ne le fais payer que
» lorsque cela arrive assez souvent
» pour me prouver qu'on ne casse
» que faute d'attention, et non par
» accident ; mais je vais aujourd'hui
» vous faire payer cette tasse, uni-
» quement parce que vous avez dit
» que ce n'était pas vous qui l'aviez
» cassée. Or, puisque ces demoiselles
» ne l'ont pas fait, et que vous seule
» êtes chargée de leur appartement,
» il faut bien que vous ne disiez pas
» vrai, et c'est pour cette faute seule
» que je vous la ferai payer, car, vous
» le savez, je ne tiens pas à ces sortes

» de choses. »—Ce sera comme il
plaira à Madame; il est cependant
très vrai que ce n'est pas moi, répondit Fanny.—N'aggravez pas votre
faute en niant encore, reprit la Comtesse d'un ton sévère. — Fanny fondit en larmes, alors Félicité, qui n'é-
tait pas méchante, ne put davantage
continuer à se taire, et s'avançant
vers sa mère d'un air embarrassé :
«Maman, lui dit-elle, ne grondez pas
Fanny, je vous prie; c'est moi qui
ai cassé la tasse, ajouta-t-elle plus
bas.—Fort bien, ma fille, lui répondit sa mère en l'embrassant; je suis
bien aise que vous ayez été assez sensible à la peine de Fanny pour dire
enfin la vérité. Mais pourquoi n'a-
vez-vous pas commencé par-là?
pourquoi avoir laissé planer le soup-

çon sur toutes les personnes de la maison, plutôt que de dire à l'instant même où ce petit malheur vous est arrivé : Maman, je viens de casser ceci de *telle ou telle manière.* Certainement ce n'est pas la crainte d'être punie qui peut vous engager à une telle dissimulation ; vous saviez bien, dans cette circonstance, que vous n'aviez rien à craindre : sans doute il est des fautes que le devoir d'une mère est de punir malgré l'aveu qui en répare une partie, mais dans ce cas même la punition est toujours plus légère ; et d'ailleurs celles qu'on vous impose ne sont jamais de nature à vous engager à les éviter en recourant au mensonge, qui est le plus bas de tous les vices. Pourquoi donc, ma chère enfant, avez-vous gardé ce silence coupable ? Ce n'est sûrement pas par malice que vous avez cassé...... — Oh ! non, maman, interrompit Félicité, c'est en jouant au volant. — Raison de plus pour être venue m'avertir tout de suite de cette petite maladresse. Je vous aurais dit, comme je le fais en ce moment : Ma chère, j'en suis fâchée ; mais si vous cassez toute la porcelaine, on vous donnera de la terre. N'eût-il pas mieux valu entendre ce léger reproche, que de mécontenter tout le monde par votre silence ? — Oui, maman, j'en conviens, reprit Félicité ; je tâcherai de me corriger, et de dire toujours ce qui sera vrai. — Eh bien, si tu tiens ta parole toute cette semaine, je te donnerai dimanche un joli livre avec de belles gra-

vures. Félicité embrassa sa mère avec
tendresse, et forma la résolution de
chercher à mériter d'obtenir le livre:
mais la force de l'habitude est une
cruelle chose; il faut être continuellement sur ses gardes pour lui échapper. Louise avait un joli petit linot
qu'elle aimait extrêmement. Félicité,
en jouant avec lui, le laissa tomber
par la fenêtre; le linot, qui n'avait
jamais fait usage de ses ailes, en se
sentant tomber, les déploya, les agi-
ta, et, bref, le voilà sur les arbres;
aussitôt, au lieu d'aller trouver ou
sa mère ou sa sœur, et de leur dire
sa mésaventure, Félicité s'imagina
de faire un conte, et, poussant la
croisée, elle se mit à poursuivre le
chat qui dormait tranquillement sur
un fauteuil; celui-ci s'enfuit, comme

bien vous croyez : on vint au bruit
qu'elle faisait, et elle dit que le chat
venait de se jeter sur l'oiseau et de
l'emporter. Louise pleura sa pauvre
petite bête, et regretta que son chat
favori eût fait une pareille cruauté.
« Ils étaient si bien ensemble ! ajouta-
t-elle. Cependant on ne peut lui en
vouloir, car la chasse est son métier
naturel ; j'aurais dû le mettre en cage.
C'est ma faute. » Et tout en disant
cela, Louise essuyait les larmes que
faisait couler la perte de son oiseau.
Félicité les voyait avec peine, mais
n'y pouvait rien, puisqu'il était en-
volé. Elle tâcha de consoler sa sœur,
et y parvint assez ; de manière que
lorsque le dîner sonna, si Louise
n'eût pas eu l'habitude de porter son
linot à table, où il était dressé à faire

mille gentillesses, on ne se serait
peut-être pas aperçu de son chagrin ;
mais ce moment le renouvela, et
elle parut chez sa mère les larmes aux
yeux. Félicité raconta de nouveau
le malheureux sort de l'oiseau. Madame de Miseri, malgré l'air assuré
avec lequel sa fille parlait, crut dé-
mêler qu'il n'y avait pas une exacte
vérité dans son récit ; mais ce n'était
pas le moment de s'éclaircir : elle ne
lui répondit pas, adressa quelques
mots à Louise pour l'engager à surmonter ce petit chagrin, et l'on passa
à table. A peine le bruit des cuillers
se fut-il fait entendre, que le linot,
entrant par la fenêtre, vint se placer
devant sa maîtresse comme à son ordinaire : Félicité rougit excessive-
ment, et baissa les yeux ; sa mère

lui lança un regard qui acheva de la
déconcerter, et la honte lui arracha
des larmes. Comme il y avait un
étranger à table, Madame de Miseri
ne dit rien qui pût ajouter à sa confusion. Louise, heureuse de retrou-
ver son oiseau chéri, le caressa sans
songer à demander à sa sœur comment il se faisait que l'oiseau, emporté par le chat, revînt par la fenêtre : mais, dès qu'on fut hors de
table, la comtesse fit expliquer sa
fille. Félicité se vit contrainte d'a-
vouer qu'elle avait fait un conte.
« Vous devriez être persuadée, par
votre propre expérience, lui dit sa
mère, que les mensonges se décou-
vrent toujours, soit un peu plus tôt,
soit un peu plus tard, et qu'ils acca-
blent de confusion celui qui y a re-

cours. Vous serez privée du livre que
je me promettais de vous donner demain, et vous garderez votre chambre toute cette après-dînée. » Félicité
sentait qu'elle avait mérité cette punition, et s'y soumit sans murmure;
mais sa mère perdit l'espérance de la
corriger, ce qui lui inspira une profonde tristesse. Dieu eut pitié d'elle,
et sut faire sortir du défaut même de
sa fille un moyen de salut. Madame
de Miseri avait acheté le livre qu'elle
avait promis à Félicité, et l'avait mis
dans une armoire vitrée où elle
rassemblait les jolies choses qu'on
lui avait données, et celles qu'elle
achetait pour faire des cadeaux; la
clef était sur cette armoire : Félicité
voulut l'examiner, et, ouvrant avec
précaution, elle prit le volume, mais

il était trop pesant, il lui échappa, et brisa, en tombant, une jolie montre d'émail que sa mère aimait beaucoup.

Toujours entraînée par la manie de cacher ses fautes, elle eut l'idée, pour ôter la connaissance de celle-ci, de découdre le coussin d'une chaise, et d'enfermer dedans tous les morceaux de la montre. Elle le fit en effet très adroitement, et en eut tout le temps, puisque, par pénitence, elle était seule. On ne s'aperçut de rien; mais au bout de quelques jours le crin du coussin se dérangea, et le hasard ou plutôt la Providence permit que Félicité en jouant sauta à genoux sur cette même chaise; alors elle fit un cri affreux. On vint à elle, elle ne pouvait se mouvoir, et sem-

blait clouée sur la chaise (ce qui
n'était que trop vrai); tous les petits
pivots, toutes les petites pièces qui
étaient en acier fin, le verre, l'émail,
tout cela avait percé et déchiré la
soie et était entré, à travers le four-
reau de mousseline, dans la peau de
la malheureuse Félicité. On lui demandait ce qu'elle avait, mais comme
elle se souvint alors de ce qu'elle
avait mis dans une chaise, elle se
douta de ce qui la faisait souffrir, et
n'osait ni répondre ni se remuer.
Cependant madame de Miseri, qui
était accourue aux cris de sa fille,
voyant qu'elle ne pouvait répondre,
l'enleva de dessus la chaise fatale
pour la déshabiller et voir ce qui la
blessait. Au mouvement que fit la
comtesse en la prenant, Félicité re-

doubla ses gémissemens; le sang dont
la robe était couverte apprit bientôt
à sa mère où était le mal; mais malgré plusieurs petits morceaux d'acier
et de verre restés dans les plaies,
madame de Miséri ne pouvait deviner comment cette enfant avait pu
se blesser ainsi. Félicité seule pouvait le dire, et elle n'en avait nulle
envie. La comtesse s'occupa d'abord
de faire venir un médecin pour examiner les blessures de sa fille, en
faire extraire les morceaux d'acier,
ce qui fut très douloureux, et faire
panser ses plaies; mais dès que tout
cela fut achevé, elle voulut savoir
comment cet accident était arrivé;
elle interrogea ceux qui se trouvaient
présens, et n'en pouvant obtenir aucun éclaircissement, elle visita les

chaises, et arriva enfin à celle qui
avait causé l'accident ; en appuyant
sa main dessus elle se piqua, et re-
marquant les déchirures qui exis-
taient déjà, elle la fit défaire entièrement, et y trouva les restes de sa
montre. Qui les y avait mis, et pourquoi ? c'était ce qui restait à expliquer. Mais madame de Miseri se
douta à l'instant que c'était encore
un tour de Félicité. Elle retourna
près d'elle, et sut bientôt tout ce qui
avait eu lieu. La pauvre malheureuse
souffrait cruellement ; une fièvre
violente, occasionnée par la suppura-
tion que des parcelles de verre res-
tées dans les chairs rendaient inévi-
table, alarma un instant sa mère ; on
craignit même qu'elle ne restât boî-
teuse toute sa vie, un de ses genoux

surtout ayant été profondément cou-
pé, elle fut trois semaines sans se le-
ver; mais ces trois semaines de souffrances furent plus utiles à Félicité
que tout ce qu'on avait employé jusqu'alors pour la corriger; elle se per-
suada enfin que c'est vainement
qu'un enfant cache ses fautes ou
déguise la vérité; que Dieu, qui a en
horreur le mensonge, ne permet pas
qu'il reste impuni, et que celui qui
s'est soustrait aux remontrances pa-
ternelles, n'a fait que s'attirer un
châtiment plus terrible de la part de
la Providence; châtiment qu'elle ne
manque jamais de lui infliger d'une
manière ou d'une autre. Une fois
bien pénétrée de cette vérité, Félicité
fit de continuels efforts sur elle-
même, et encouragée par l'exemple

de Louise qui, lorsqu'elle avait fait
quelque faute, n'attendait pas que ses
maîtres ou sa bonne s'en plaiguissent
à sa mère, mais venait elle-même les
lui avouer ; elle se corrigea, devint
aussi estimable que sa sœur, et fût
aimée comme elle. Son expérience
la convainquit bientôt qu'elle ne devait pas regretter la peine qu'elle
avait prise pour vaincre le honteux
défaut qu'on lui reprochait ; car pendant le temps où elle déguisait la
vérité, sa vie se passait dans de con-
tinuelles alarmes ; elle tremblait, à
chaque mot qui se disait, qu'on
n'eût découvert quelque fausseté ;
maintenant, en paix avec elle-même,
elle jouissait d'être assez estimée
pour qu'on ne doutât plus de ses

6..

paroles. L'affection de ses parens
faisait son bonheur, et elle ne la devait qu'aux efforts qu'elle avait faits
pour acquérir cette aimable sincérité, qui est un des charmes de la
jeunesse et son plus bel ornement.

LADISLAS ET GODEFROI,

ou

LA BIENFAISANCE UNIE A LA DÉLICATESSE.

MAMAN, je vous en prie, expliquez-moi ce que c'est que la délicatesse, disait la jeune Alexandra à madame de Quesnel sa mère. — Ma chère enfant, ce que vous me demandez est bien difficile, je vais cependant tâcher de vous faire comprendre ce que vous désirez savoir, mais ce sera plutôt par des exemples que par des mots, car ce sentiment si précieux, qui ajoute à toutes les qualités un charme que lui seul peut donner, ce sentiment qui fait les délices de la vie est indéfinissable, il est inné dans l'âme d'une femme sensible, et doit être une des qualités indispensables à notre sexe.

Je vous ai déjà expliqué ce que c'était que la bienfaisance; eh bien, la délicatesse est ce sentiment qui double le prix du bienfait, en inspirant tous les ménagemens imaginables pour ne pas blesser celui qu'on oblige; c'est ce sentiment qui fait qu'on devine les besoins et qu'on les soulage, sans attendre une demande pénible pour celui qui est obligé de la faire. Mais je vais vous raconter une histoire qui vous fera sentir ceci mieux que je ne pourrais vous l'expliquer.

Ladislas était fils unique d'un père
fort riche, mais si économe que tout
autre que son fils aurait pu l'accuser
d'avarice, ce que le respect et la tendresse filiale ne lui permettaient pas
de faire, malgré la parcimonie avec
laquelle il l'avait établi dans une maison voisine d'un collége où il pouvait
faire ses classes et suivre ses cours
gratis, ou du moins pour une faible
rétribution. Ce père voulant cacher
l'économie qu'il apportait dans l'éducation de son fils, l'avait logé chez
une femme qui tenait une petite
pension, et qui moyennant une très
modique somme lui donnait une
nourriture assez frugale. Ladislas,
fort et bien portant, n'en souffrait
pas ; appliqué à ses études, il avait
peu de fantaisies ; cela lui épargnait

la peine de sentir qu'il aurait dû
s'en priver. Il arriva cependant une
circonstance qui lui fit regretter de
n'avoir rien à sa disposition : un de
ses camarades de collége plein d'ar-
deur pour l'étude et de disposition
pour réussir, fut tout-à-coup privé
des moyens de finir son éducation
par la mort de son père, brave officier, qui n'avait que sa paye pour
fournir aux besoins de sa femme et
de son fils; en le perdant tout était
fini pour le malheureux Godefroi, il
devait prendre une profession qui
pût le mettre en état de pourvoir à sa
subsistance, car sa mère faible et
souffrante ne pouvait rien pour lui;
ce jeune homme inconsolable de la
position de sa mère, ne songeait même pas à lui; la douleur de la mort

de son père, l'affliction de sa bonne
mère, l'occupaient seules. Ladislas
qui avait formé avec lui une liaison
plus intime qu'avec ses autres camarades, s'informa avec un véritable
intérêt du sujet de ses chagrins; il
ne l'eût pas plutôt appris, qu'il se
désola de n'être riche que de nom et
de n'avoir rien à sa disposition. Cependant après avoir bien réfléchi, il
pensa que si Godefroi voulait consentir à ce qu'il imaginait de lui propo-
ser, il pourrait parvenir à lui être
utile, mais il craignait le refus de ce
jeune homme : « Écoute, lui dit-il,
j'ai un projet en tête, il faut que tu
m'aides à le mettre à exécution ;
donne-moi ta parole de ne pas me
refuser. — Si ce projet n'a rien de
répréhensible, tu ne peux douter

6...

que je ne fasse tout ce qui dépendra
de moi pour te servir. — Je te jure
devant Dieu et sur l'honneur qu'il
n'a rien de blâmable; à présent jure-
moi de même, mon cher Godefroi,
que tu feras ce que je te demanderai.
— Je te le jure, répondit Godefroi,
bien éloigné de penser qu'il fût
question de lui, maintenant dis-moi
ce que tu veux. — Ce que je veux,
ce que tu ne peux plus me refuser
à présent, c'est d'être mon frère;
tu sais que mon père ne vient jamais
ici, je ne dépends que de moi seul, tu
coucheras avec moi, tu partageras
mes repas; tu es de ma taille, les
mêmes habits nous serviront, et le
peu que mon père me donne pour
mes menues dépenses sera pour acquitter les frais de collége : comme

cela tu pourras continuer tes études
sans que personne se doute de la
perte que tu as faite. — Non, mon
ami, répondit Godefroi, je ne puis
consentir à cela.... — Comment,
interrompit Ladislas, n'ai-je pas ta
parole, n'as-tu pas juré?... — Oui,
mais en cas que ton projet n'eût rien
de blâmable. — Et qu'y a-t-il de
blâmable en ceci, je te prie? — De
vivre à tes dépens quand je puis
travailler pour fournir à mes besoins.
— C'est une fausse délicatesse, mon
ami; songe à ta mère, ce n'est qu'un
mouvement d'orgueil qui te porte
à refuser les secours d'un ami, et tu
ne considères pas le chagrin que ta
mère éprouvera de te voir quitter
des cours qui doivent te donner les
moyens de remplir une place hono-

rable et qui assurerait à sa vieillesse
un avenir heureux !.... Oublie-toi
maintenant, ne pense qu'à elle, et
n'afflige pas ton ami par un refus;
d'ailleurs songe que tu l'as juré devant Dieu et sur l'honneur, et que
ton excuse n'est point admissible.

Godefroi résistait encore, mais la
chaleur de Ladislas, son amitié, su-
rent vaincre les obstacles que sa délicatesse apportait au projet de son
ami; il accepta. De ce moment Ladislas devint le plus heureux des
mortels; il sentait le délicieux plaisir de rendre un véritable service à
un être qui en était digne sous tous
les rapports; car Godefroi, animé par
le double motif de mériter les sa-
crifices que son ami s'imposait continuellement pour lui, et de se mettre

en état d'occuper une place lucrative
et honorable, faisait des prodiges.
Il se distinguait par des progrès éton-
nans autant que par sa conduite irré-
prochable. Pendant quatre années
que durèrent les études, Ladislas
se soumit à la plus grande frugalité,
pour que Godefroi pût être nourri
avec lui, car dès que son ami eût
accepté sa proposition, Ladislas fut
trouver son hôtesse, et lui demanda,
si en ne lui donnant pas de vin et
seulement de gros légumes et du
pain, elle consentirait à admettre
avec lui une seconde personne à sa
table; cette femme, qui était honnête, voulut se faire expliquer ce
dont il s'agissait. Ladislas y consentit avec peine, mais voyant qu'il
n'y avait pas d'autre moyen pour

la déterminer que de lui parler franchement, il lui confia le tout sous
le sceau du secret (elle l'observa
avec fidélité). Sensible à la position
de Godefroi, et à la bonne action
de Ladislas, elle entra dans les vues
du dernier en se prêtant à ce qu'il
lui demandait. Ce fut donc aux dépens de sa propre subsistance que
Ladislas pourvut pendant ces quatre
années à celle de son ami; mais aussi
quel fut son bonheur quand, au bout
de ce temps, ayant obtenu à chaque
examen de l'Université, les grands
prix, et enfin le prix d'honneur, il
fut nommé tout d'une voix à une
place qui assura à jamais son existence et celle de sa mère. Godefroi,
en recevant cette honorable récompense de ses travaux, se précipita

dans les bras de son ami ; et dans
l'ivresse de sa joie, apprit à tous ceux
qui étaient présens la noble conduite de Ladislas. Chacun loua avec
enthousiasme une bienfaisance soutenue avec la délicatesse la plus mi-
nutieuse, car pendant tout ce temps
jamais la plus légère parole qui eût
pu faire sentir à Godefroi qu'il lui
avait obligation, ne sortit des lèvres
de Ladislas. En les voyant ensemble,
si on eût pu deviner que l'un rendait service à l'autre, on aurait plutôt
pu soupçonner que Ladislas était
l'obligé, tant il avait soin de ménager son ami.

Voilà, mon enfant, ce que c'est
que la délicatesse ; car on peut
encore rendre service, et ne pas
savoir ménager l'amour-propre de

ceux qu'on oblige, on n'en est pas
moins bienfaisant, mais on ôte à
cette vertu son charme le plus
puissant, on se prive de sa plus
douce récompense, l'attachement et
la reconnaissance de ceux qu'on
oblige. Souvent, en humiliant ceux
à qui on tend une main secourable,
on leur fait tant de peine, on blesse si profondément leur âme, que
la reconnaissance en est altérée,
et que celui qui a reçu le bienfait
s'imagine l'avoir acheté assez par
les souffrances qu'on lui a fait en-
durer; et le front qui s'est vu forcé
de rougir de honte ou d'indignation,
ne peut plus se colorer par la douce
émotion que lui aurait fait éprouver
la gratitude : « Ah ! maman, interrompit Alexandra, vous m'appren-

-drez à ne pas blesser en obligeant,
car je sens que j'aurais bien du plaisir à rendre service et à être aimée
comme Godefroi aimait sans doute
Ladislas. — Oui, ma fille, je tâcherai
de te préserver du malheur de faire
des ingrats, car c'est presque toujours l'orgueil des bienfaiteurs qui
produit ce vice détestable que rien
ne peut excuser. » Mais il faut que
je te finisse l'histoire de Ladislas.
L'amitié, la reconnaissance de Godefroi étaient si vives, qu'il se plaisait à
publier partout ce qu'il devait à
son ami. Une action si touchante et
prolongée avec autant de constance,
donna l'idée la plus avantageuse de
Ladislas : bientôt il fut appelé par
l'estime générale à des fonctions
bien au-dessus de son âge, il s'y

distingua par la même noblesse de
sentimens qui s'était annoncée dans
son enfance. Le bien qu'il fit ajouta
encore à la bonne opinion qu'on avait
de lui; il fut entouré toute sa vie
d'amis vrais et sincères; il éprouva
que le plus parfait bonheur naît de
la bienfaisance, et que lorsqu'elle
s'unit à la délicatesse et à la modestie,
elle est à l'abri de l'envie, qui ordinairement s'attache aux vertus et au
mérite pour les dénigrer, car rien ne
troubla son heureuse existence, qui
fut embellie par tout ce que l'estime,
la considération et l'attachement peuvent avoir de plus flatteur.

~~~~~~

JULIE D'ORSANGE,

OU

L'HEUREUX STRATAGÉME.

La comtesse de Saint-Flour avait pour amie intime la marquise d'Orsange. Ces deux dames avaient eu le malheur de devenir veuves à-peu-près dans le même temps, et leur infortune avait encore resserré les liens de la tendre affection qui les unissait. Souvent elles avaient regretté que l'une d'elles n'eût pas eu un fils à donner pour époux à la fille de son amie, afin de ne faire qu'une seule famille qui jamais ne se fût séparée; mais le ciel en avait autrement disposé : deux filles étaient leur unique bien. Julie d'Orsange était pour Agathe de Saint-Flour ce que leurs mères étaient l'une à l'autre. A-peu-près du même âge, élevées chacune par une mère tendre et éclairée, douées des qualités les plus essentielles, ces deux jeunes personnes faisaient le bonheur de leurs familles. Cependant un défaut obscurcissait la bonté naturelle d'Agathe : en vain madame de Saint-Flour avait représenté à sa fille combien il déparait tout ce qu'elle faisait, elle ne s'en apercevait pas, et la hauteur était tellement inhérente à son caractère, qu'elle se glissait daus toutes ses actions, dans toutes ses paroles, et pour ainsi dire dans toutes ses pensées, sans qu'elle le remarquât. Julie qui avait, au contraire, une sensibilité si délicate, qu'elle devinait toujours ce qui pouvait être agréable, et évitait tout ce qui aurait pu blesser, ne pouvait, sans souffrir, entendre Agathe s'exprimer sans ces ménagemens qui adoucissent les relations intérieures, et rendent moins pénibles les soins domestiques. Elle avait plusieurs fois tenté d'expliquer à Agathe tout ce qu'elle éprouvait lorsqu'elle lui voyait faire une action généreuse de manière à s'aliéner les cœurs au lieu de se les concilier ; mais Agathe ne pouvait comprendre qu'on eût besoin de mettre des formes pour obliger quelqu'un, l'essentiel lui paraissait être de rendre service, et non de le faire avec ces soins délicats dont elle ne connaissait pas le prix, car jamais elle n'avait senti le malheur!.... Julie, sans l'avoir éprouvé, le devinait, et pourtant Agathe était aussi bonne, aussi bienfaisante que Julie; mais une idée confuse de supériorité de naissance, de rang, de fortune, avait donné à toutes ses manières une teinte de hauteur qui, sans nuire à la politesse qu'une jeune personne bien élevée a toujours avec tout le monde, donnait à son ton, à ses manières, quelque chose de glacé qui affligeait ceux qui se trouvaient en rapport avec elle.

Julie entreprit de la corriger; mais comme toutes ses observations avaient été sans succès jusqu'à ce jour, la sensible Julie, pour parvenir à son but, imagina un stratagême qui, en lui montrant son défaut avec un peu d'exagération, lui en ferait sentir enfin tout l'inconvénient. D'abord elle cessa de rien reprendre dans les manières d'Agathe; ensuite peu à peu elle l'imita; et bientôt après elle en vint à montrer plus de hauteur dans son ton et ses manières qu'Agathe n'en mettait elle-même.

Un jour qu'elle était avec son amie, une femme d'une mise propre, mais qui annonçait l'infortune, s'approcha timidement des deux jeunes personnes qui précédaient leurs mères de quelques pas, et sans oser leur parler, les regarda d'une manière à-la-fois suppliante et embarrassée.

Que nous veut cette femme ? dit aussitôt Julie d'un ton sec. — Sans doute quelqu'aumône, répondit Agathe. — Eh ! bien, pourquoi ne parle-t-elle pas, reprit Julie ? ne faut-il pas qu'on la devine ? en vérité, ces gens-là sont singuliers ; en achevant ces mots, elle ouvrit sa bourse, et prenant un écu de six francs elle le donna froidement à la femme, qui le prit en rougissant ; elle paraissait vouloir parler, mais l'air indifférent de Julie semblait arrêter les paroles qui venaient expirer sur ses lèvres. Pourquoi ne pas s'informer de ce que veut cette femme ? dit Agathe à son amie. — A quoi bon ? ne lui avons-nous pas donné un secours qui doit surpasser ses espérances ? — Sans doute, reprit Agathe, cepen-

dant elle n'avait pas l'air content. —
Je n'y ai pas fait attention, répondit
Julie : donner est un devoir dont il
faut s'acquitter autant qu'il est possible ; quand on l'a rempli, on a fait
tout ce qui est nécessaire. » Agathe
regarda son amie d'un air surpris,
sans répondre un seul mot, ne sachant si Julie raillait, ou si en effet
elle pensait ce qu'elle disait : tout ce
raisonnement, dans la bouche de
Julie, lui parut singulier. Mesdames
de Saint-Flour et d'Orsange, qui
avaient vu la jeune femme s'appro-
cher de leurs filles, et avaient remarqué avec étonnement qu'elles ne lui
avaient pas adressé un seul mot, di-
rigèrent leurs pas du côté de cette
infortunée, et l'interrogèrent sur sa
position et sur ce que leurs enfans

avaient fait pour elle. « Hélas ! répondit la jeune femme, ces demoiselles ont deviné que j'étais assez malheureuse pour avoir besoin de secours, et elles m'ont..... donné !..... mais ce n'était pas cela que j'aurais souhaité, la confusion m'a seule empêchée de refuser leur bienfait; j'en désirais un plus grand et moins humiliant, je n'ai pas eu la force de m'exprimer. — Vous avez eu tort, interrompit madame d'Orsange; mais que vouliez-vous leur demander? — Du travail, Madame, quel qu'il soit ; je puis faire tous les ouvrages d'aiguille, et n'ai pu trouver, depuis un mois, aucun moyen d'utiliser mon temps. Ma mère est malade, je suis veuve, et deux petits enfans languissent de besoin ;

malgré tout ce que je puis faire pour
tâcher de les soutenir par mon travail, il est insuffisant à cause de la
modicité des prix que les marchands
donnent à ceux qu'ils font travailler ; demeurant dans votre quartier,
Mesdames, je savais combien mademoiselle d'Orsange était bienfaisante, avec quelle bonté elle accueillait
les malheureux, et j'avais résolu de
m'adresser à elle pour la supplier de
me faire faire quelques broderies ou
quelqu'autre ouvrage.... mais.... la
manière dont elle a interprété mon
abord m'a ôté la faculté de m'expliquer, je n'ai osé ni refuser ce
qu'elle daignait m'offrir, ni lui adresser ma demande. Pardonnez, Mesdames, si j'ai abusé de votre patience en vous entretenant de mes peines

7..

et de mes espérances....—Non, non, interrompit madame d'Orsange, venez demain matin chez moi, et s'il ne vous faut que du travail pour vous tirer de peine, croyez que vos maux sont finis.—Ah ! Madame, que ne vous devrai-je pas !...» et des larmes de reconnaissance remplissaient les yeux de la jeune infortunée. Madame de Saint-Flour lui adressa aussi quelques mots d'encouragement, et ces dames continuèrent leur promenade en doublant le pas pour rejoindre leurs enfans, qui tout en causant s'étaient éloignés sans s'apercevoir que leurs mères s'étaient arrêtées. Madame d'Orsange connaissait trop bien la sensibilité de Julie pour ne pas soupçonner qu'elle avait eu quelque raison pour se mon-

trer, en cette occasion, si différente
d'elle-même; elle craignit qu'un excès d'indulgence pour Agathe ne fût
la cause de cette apparente indifféren-
ce, et se promit d'en causer avec sa fille, afin de l'éclairer sur le danger qu'il
y aurait à flatter les défauts de sa
compagne, en manquant à ses douces habitudes de bienfaisance. Madame de Saint-Flour partageait les
craintes de son amie, et n'aurait pas
voulu que l'attachement de Julie
pour sa fille détruisît la plus aimable
des qualités de cette jeune personne;
ce fut en s'entretenant sur ce sujet
que ces deux dames arrivèrent jusqu'à leurs enfans; elles ne leur par-
lèrent cependant pas dans cet instant
de ce qui les avait occupées.

La Marquise voulait être seule avec

Julie pour l'entretenir sans contrainte; la promenade s'acheva donc au
grand contentement de tous, car
Agathe, dont la hauteur tenait plutôt à un vice de caractère qu'à l'orgueil ou à la dureté du cœur, avait
été frappée désagréablement du ton
de son amie, et réfléchissait pour la
première fois sur l'impression qu'il
devait produire; elle faisait un retour
sur elle-même, et ne pouvait s'empêcher de voir clairement que Julie
n'avait fait qu'imiter la manière ha-
bituelle avec laquelle elle agissait
avec tous ses inférieurs. Mais Julie
l'avait-elle fait pour se moquer
d'elle, ou l'avait-elle fait naturel-
lement? C'était ce qu'Agathe ne
pouvait décider et ce qui l'occupait le plus.

Dès que madame d'Orsange se
trouva seule avec sa fille elle lui
parla de la pauvre femme, et Julie
se justifia en faisant part à sa mère
du projet qu'elle avait formé pour
essayer de corriger Agathe. « Je con-
nais cette femme de vue, ajouta Julie, et je m'étais promis de la faire
chercher aussitôt que nous serions
de retour afin de m'informer plus
particulièrement de sa situation. » La
Marquise embrassa sa fille et ap-
prouva le désir qu'elle ressentait de
débarrasser son amie d'un défaut qui
nuisait à ses bonnes qualités et à
l'attachement qu'on lui portait ; mais
elle lui reprocha de ne l'avoir pas
mise d'abord dans sa confidence. Julie s'avoua coupable, et obtint son
pardon, en promettant toutefois de

communiquer à l'avenir toutes ses
pensées à sa mère, et de ne plus
rien entreprendre sans l'avoir con-
sultée. La pauvre femme fut em-
ployée comme madame d'Orsange
le lui avait promis, et Julie se conduisit avec elle de manière à lui
faire oublier le moment de peine
qu'elle lui avait causé. La Marquise
se hâta de communiquer à son amie
le projet de Julie, et la Comtesse
exprima vivement à cette charmante enfant combien elle était touchée
de la preuve d'amitié qu'elle donnait à sa fille, en se résignant à donner de son caractère une opinion
défavorable, et en se contraignant
pour cacher sa délicate sensibilité
sous le masque rebutant de la hauteur, afin d'en montrer à Agathe

toute la difformité. Le secret resta
renfermé entre ces trois personnes,
et chacun s'étonnait du changement
qui était survenu dans le caractère
de Julie ; on en parla devant Agathe
qui sentit la justesse des reproches
dont la conduite de son amie était
l'objet : tant il est vrai, que malgré la
plus tendre amitié, nous sommes
meilleurs juges dans la cause des
autres que dans la nôtre. Madame
de Saint-Flour accoutumée à lire
dans l'âme de sa fille, voyait l'effet
qu'y produisait le stratagême de Julie, et l'encourageait à soutenir son
généreux sacrifice, par l'espérance
de voir bientôt Agathe telle qu'on
la désirait. Julie ne laissait échapper
aucune occasion de lui offrir des
exemples capables de lui faire détes-

7...

ter son propre caractère, en le lui
montrant dans un autre. Un matin
donc, pendant qu'Agathe était chez
elle, sa femme de chambre qui essuyait des porcelaines qui paraient sa
petite table à thé, laissa tomber une
des tasses qu'elle tenait: « Bon Dieu !
qu'avez-vous fait, Lise, dit aussitôt
Julie en se retournant vivement ?
quand on est mal-adroite on ne devrait rien toucher.

— Je suis désolée de cet accident,
reprit Lise ; je ne sais comment cela
s'est fait ; mais Mademoiselle sait bien
que pareille chose m'arrive rarement.
—C'est toujours trop souvent.—Mademoiselle m'excusera, et je tâcherai de réparer ce malheur. —C'est
ce que je ne vous demande pas ; des
gens comme vous n'ont pas le moyen

de dépenser ainsi le peu qu'ils ont ;
gardez votre argent et ne cassez pas
ce qui m'appartient. — Ah ! Mademoiselle, s'écria la pauvre Lise en
fondant en larmes, vous êtes toujours aussi généreuse, mais à présent
vos bienfaits !!!!! — Eh bien! que
voulez-vous dire, je vous prie, répondit Julie avec ce ton froid et
calme qui exprime si bien le sentiment de supériorité de celle qui l'em-
ploie, que puis-je faire de plus que
de vous dispenser de remplacer un
objet cher et presque ruineux pour
vous ? — Autrefois Mademoiselle
n'eût pas fait cette question! — Je
crois que vous avez perdu la tête, reprit Julie avec plus de hauteur; allez
recouvrer vos sens dans votre chambre, et laissez-moi en repos.

La pauvre Lise se retira toute confuse, et Agathe ne put s'empêcher de dire à Julie : « Tu as désolé cette malheureuse fille. — Ce n'est pas ma faute si elle a été mal-adroite; ne fallait-il pas que je la remerciasse d'avoir cassé ma tasse, et n'ai-je pas fait assez en lui ôtant la crainte qu'elle devait avoir d'être obligée d'en acheter une autre? — Je conviens que c'est une bonté de ta part, répartit Agathe, mais tu le lui as dit d'une manière si peu agréable. — Eh! qu'est-ce que cela fait, l'essentiel est de lui avoir épargné cette dépense.— Peut-être bien que non, répondit Agathe, qui avait bien senti ce que les paroles de Julie avaient eu de dur, et ce que la femme de chambre n'avait pas osé achever, mais qu'elle avait

fait entendre; je vois qu'il peut être
vrai que la manière de faire les choses
en change absolument la nature, et
qu'il est telle circonstance où un service peut devenir un outrage. » A ces
mots, Julie fut sur le point d'em-
brasser son amie, et de lui avouer
que son but avait été de l'amener à
faire cette réflexion; mais elle se re-
tint et se contenta de sourire en levant les épaules, comme si ce raisonnement lui eût fait pitié; mais
dès qu'Agathe fut remontée chez sa
mère, Julie fut trouver la sienne, à
qui elle raconta ce qui venait de se
passer; la marquise félicita sa fille
sur le succès de sa feinte. Cependant
la pauvre Julie était désolée d'avoir
affligé Lise et de ne pouvoir la consoler; depuis son enfance cette femme

la servait et était accoutumée à être plutôt excusée que grondée dans une circonstance semblable à celle du matin. Le ton dont sa jeune maîtresse lui avait parlé était si nouveau pour elle, qu'il l'avait profondément blessée. Madame d'Orsange se chargea de voir cette femme, et sans s'expliquer entièrement, de la rassurer sur les sentimens de sa fille. Julie, tranquillisée par cette promesse, embrassa tendrement sa mère, et goûta la satisfaction que lui faisait éprouver l'espérance de voir Agathe corrigée de la hauteur qui gâtait son noble caractère. Madame de St.-Flour partageait en ce même instant l'espérance de ses amies. Agathe, retournée près d'elle, lui avait fait part de ses nouvelles idées et des scrupules qui s'éle-

vaient dans son âme au sujet de son
amie. « Il est bien vrai, dit-elle à sa
mère, que Julie n'était pas comme
cela autrefois; c'est moi qui lui ai
persuadé que toutes ces manières,
toutes ces formes de politesse étaient
inutiles; je le croyais en effet; il me
semblait que pourvu qu'un service
fût rendu, il importait peu de quelle
façon on s'y prenait pour le rendre;
je suis bien désabusée maintenant de
cette fausse idée; je vois que, même
dans les classes inférieures, on peut
faire une peine réelle en obligeant
sans ces formes que je croyais inutiles; je me reproche d'avoir donné
à Julie un défaut qu'elle n'avait pas,
et cependant je n'ai pas le courage
de revenir sur ce que je lui ai dit tant
de fois; je n'ose lui dire ce que je

pense, de peur de passer pour une girouette, qui dit aujourd'hui d'une façon, et demain d'une autre. — Ma chère enfant, voilà ce qui s'appelle une mauvaise honte; c'est l'amour-propre qui en est ordinairement la source; il faut la surmonter, et à la première occasion avouer tout franchement à votre amie ce qui se passe en vous, lui faire part de vos nouvelles idées, et la rappeler à ses anciennes habitudes, qui étaient bien plus aimables que celles qu'elle a prises de vous; je vous dirai même que c'est un devoir de conscience, car tout ce qui peut faire souffrir le prochain blesse la charité, et par cela même doit déplaire à Dieu. Ainsi, ma fille, je vous engage à faire céder tout autre sentiment à cette impor-

tante considération, qui doit être
d'un grand poids pour vous. —Ah!
certes, chère maman, interrompit
Agathe, et je vous promets que la
première fois que l'occasion s'en pré-
sentera je ne la laisserai pas échapper; j'en profiterai pour tâcher de
réparer le mal que j'ai fait à Julie
sans m'en douter. — A merveille,
chère amie, dit la Comtesse, persé-
vère dans ta bonne résolution, et rien
ne manquera plus à mon bonheur. »
Agathe se pressa tendrement contre
le sein de sa mère, et prit de nouvelles forces, dans ses douces caresses, pour vaincre son amour-propre, et peut-être un reste de hauteur
que l'habitude laissait encore sub-
sister dans ses manières envers celles
qui la servaient. Son changement

charma tout ce qui l'entourait ; on
lui montra un zèle plus tendre, plus
respectueux peut-être, que lorsque
sa hauteur marquait la distance qui
devait exister entre elle et celles qui
l'approchaient ; elle le remarqua et
sentit plus que jamais que, pour être
véritablement grand, il faut posséder
une âme élevée par ses vertus ; que
les sentimens délicats, généreux, en
montrent la noblesse ; que la bonté
fait adorer, et que la hauteur, l'orgueil, la dureté, rabaissent et font
détester. De ce moment elle devint
aussi ingénieuse à ménager la sensibilité de tout ce qui l'entourait,
qu'elle l'avait été peu autrefois. Julie
jouissait de son ouvrage, mais ne
voulait laisser tomber son masque
qu'au moment où Agathe viendrait

le lui arracher en lui faisant l'aveu de ses anciennes erreurs; elle cherchait à lui en fournir l'occasion, elle ne tarda pas à se présenter.

Julie venait de terminer un joli tabouret en tapisserie qu'elle se faisait un plaisir d'offrir à sa mère; elle désirait qu'il fût monté tout de suite, et chargea un domestique de faire venir le tapissier, afin qu'elle pût lui expliquer comment elle le voulait; celui-ci vint, reçut les ordres de Julie, mais lui dit qu'il ne pouvait pas faire ce petit ouvrage avant quatre jours. «Je le veux pour après-demain, reprit Julie, et si vous ne pouvez pas le faire, je le donnerai à un autre.— Mademoiselle est bien la maîtresse, répondit le tapissier; mais il y a vingt ans que je travaille pour madame la

Marquise, et si je ne promets pas à Mademoiselle de le livrer plus tôt, c'est que cela n'est pas possible. — Avec de l'argent on peut tout ce que l'on veut à Paris. Je n'ai pas marchandé avec vous pour le prix; faites-moi payer ce qui vous conviendra, mais donnez-le pour le jour que je vous désigne.—Si Mademoiselle veut une forme carrée au lieu de celle ovale qu'elle a demandée, je le pourrais peut-être en faisant passer la nuit.—Je le veux tel que je vous l'ai expliqué, et pour après-demain matin sans faute. — Mademoiselle, il faut que je fasse faire le bois exprès; on n'en trouve pas de tout fait comme vous le voulez.—Je n'entre pas dans tous ces détails, cela ne me regarde pas, reprit Julie avec hauteur, c'est votre affaire et non la mienne. Deux mots suffisent : voulez-vous le faire? je vais vous le donner; ne le voulez-vous pas? je le donnerai à un autre qui connaîtra mieux ses intérêts. Que décidez-vous? — Que Mademoiselle fera comme elle voudra; mais que je ne puis m'engager à finir cet ouvrage pour après-demain. — Cela suffit, je le donnerai à un autre. — Mais, ma chère amie, observa Agathe timidement, en regardant le tapissier qui avait l'air peiné du ton de Julie, si tu veux absolument l'avoir pour après-demain, que ne choisis-tu une autre forme dont Monsieur puisse trouver le bois? — Je n'entends rien à tout cela. Il y a assez de tapissiers à Paris; si ce n'est pas celui-ci, ce sera un autre : qu'est-ce que cela fait?—Cela

fait, Mademoiselle, reprit le mar-
chand, piqué de son ton impérieux,
cela fait que l'on n'est pas servi avec
le zèle, l'affection, le soin, et même
la probité que la condescendance et
la bonté concilient toujours à ceux
qui veulent bien en faire usage avec
les ouvriers qu'ils font travailler;
cela fait que l'honnête homme humi-
lié dédaigne l'argent de celui qui
se croit autorisé, par son rang ou
son opulence, à le traiter avec hauteur. »

En achevant ces mots, le tapissier
salua et sortit de la chambre sans
attendre la réponse de Julie, qui
était tout interdite de la réplique du
tapissier. Agathe, confondue, baissait les yeux; cependant elle fit un
effort sur elle-même, et se jetant au

cou de Julie, elle lui demanda mille
fois pardon de la peine qu'elle ressentait en ce moment, s'accusant
d'être cause de ses manières hau-
taines, tant par le mauvais exemple
qu'elle lui avait donné, que par les
fausses idées qu'elle s'était efforcée
de lui faire adopter. Julie lui laissa
tout dire; elle lui laissa développer
les nouvelles idées que la conduite
qu'elle avait pris à tâche de suivre
avait fait naître en elle. Quand Agathe lui eut eu bien exposé tous les
sentimens qu'on avait tant désiré lui
voir, son amie l'embrassa tendrement, en lui demandant pardon à
son tour du stratagême qu'elle avait
employé pour l'amener à se juger
elle-même, et lui avoua que le prétendu changement qu'elle avait re-

marqué dans son caractère, n'était qu'une feinte qui lui avait beaucoup coûté. Agathe, émue d'une semblable preuve d'amitié, ne put témoigner que par ses larmes combien elle y était sensible; elle serra Julie dans ses bras, et cette expression muette n'en était pas moins éloquente; enfin elle retrouva la faculté de s'exprimer. « Eh quoi! ma chère Julie, tu as pu te résoudre à te faire détester, humilier, à cause de moi!.. pour moi, pour m'éclairer sur ce défaut dont je ne pouvais comprendre l'importance! — Oui, mon amie. Que ne ferais-je pas pour toi! Ne suis-je pas bien payée de tout ce qu'il a pu m'en coûter pour t'amener à sentir que la hauteur dépare le plus beau caractère, tandis que la délicatesse

et la bonté le rendent plus touchant ?
Il ne te manquait que cette précieuse
qualité ; tu l'as acquise. — Oui, mais
à tes dépens. Que ne te dois-je pas !
Oh ! ma Julie, comment réparer le
tort que ce généreux dévouement a
pu te faire dans l'opinion ! Oh ! que
je voudrais pouvoir dire à tout le
monde que c'était une feinte ! J'irai
trouver tous ceux qui ont eu à se
plaindre de toi, à commencer par ce
tapissier. — Nous irons ensemble lui
porter mon tabouret, mais à condi-
tion que tu me laisseras faire, et ne
diras pas un mot ; je ne veux pas que
tu t'accuses de rien du tout, je te le
demande en grâce. Je me suis déjà
réconciliée avec ceux que j'ai été
forcée d'affliger ; je m'arrangerai
encore avec celui-ci : ma feinte hau-

I. 8

teur, en disparaissant promptement,
ne laissera aucune trace dans l'esprit
de ceux envers qui j'en ai affecté.
Maintenant, toi, ma chère Agathe,
mets à profit l'expérience que je t'ai
fournie; évite tout ce que tu as vu
de répréhensible en moi, et que dé-
sormais notre unique étude soit d'a-
doucir les peines en les soulageant,
d'épargner à tout ce qui nous est
inférieur le sentiment de la dépen-
dance ou de la supériorité; enfin,
que le bonheur des autres compose
le nôtre propre, et nous ferons la
félicité de nos bonnes mères, qui
nous chérissent avec une si grande
tendresse. — Oui, ma chère Julie,
je te le promets. Sois mon guide; je
suivrai tes traces, je me conformerai
à tout ce qu'il te plaira de me pres-

crire : une amie véritable n'est pas
seulement un trésor , c'est un génie
tutélaire, c'est un don du ciel, un
bien inappréciable.— Laisse ton enthousiasme, ma chère Agathe; j'ai
rempli une tâche bien douce, si j'ai
contribué à ton bonheur. Venons
chez ma mère. — Ah! oui, il faut
la désabuser. — Crois-tu donc que
j'aurais pu l'affliger si long-temps
par l'apparence d'un défaut aussi
grave? Non, ma bonne amie; elle
était dans ma confidence. Je t'aime
bien; mais ma tendre mère est ma
première affection, ma première
amie. — Et elle a consenti à te voir
sacrifier ton beau caractère à l'opinion? — Ta mère n'est-elle pas son
amie? n'es-tu pas sa fille d'adoption?
—Que vous êtes bonnes toutes deux!

8..

Et ma mère?—Elle sait tout.—Combien elle doit t'aimer, ma Julie! Elle connaît mes sentimens; je te les cachais par la honte de démentir ce que je t'avais répété tant de fois. — Je le sais, et c'est pour t'en punir que l'on a voulu que je continuasse à feindre jusqu'à ton aveu; on le regardait comme la preuve nécessaire et certaine que tu serais entièrement corrigée. — Chère amie, qu'il m'est doux de t'avoir cette obligation! » En achevant ces mots, les deux jeunes personnes se prirent sous le bras, et passèrent chez madame d'Orsange, où madame de Saint-Flour était descendue. La comtesse remercia tendrement l'aimable et bonne Julie de l'heureux succès du stratagême que l'amitié lui avait inspiré;

elle félicita sa fille en lui exprimant combien elle était satisfaite de la voir telle qu'elle la désirait depuis long-temps. Agathe, transportée de reconnaissance, répétait sans cesse qu'une amie comme Julie était un don du ciel, et que c'était à Dieu seul qu'il fallait s'adresser pour obtenir de sa munificence un semblable bienfait.

~~~~~~

AMÉLINE,

OU

LA DÉSOBÉISSANCE.

———◦◦◦◦———

MADAME la marquise d'Albiñcourt avait seize ans, lorsqu'elle devint mère d'une jolie petite fille; ce bonheur vint mettre le comble à la félicité dont elle jouissait. Son mari, aussi jeune qu'elle (en proportion), était quelquefois éloigné de sa femme par des affaires; mais à son retour, c'était au berceau de leur enfant qu'ils goûtaient la plus vive, la plus

pure de toutes les affections, la tendresse paternelle. L'un, et l'autre
formaient mille projets pour le bonheur de cette intéressante petite
créature ; et, sans s'en douter, ils
prenaient le chemin opposé à celui
qui pouvait les conduire à ce but désiré. Améline avait à peine ouvert
les yeux, que déjà on épiait dans son
regard incertain quelque signe de
volonté. Bientôt sa petite intelligence
se développant, elle connut son empire et en abusa. Il n'y avait pas un
enfant plus capricieux, ni plus exigeant. Ses parens riaient de ses fantaisies, et regardaient comme des
gentillesses les petites impatiences
par lesquelles elle savait se faire
obéir ; on se récriait sur son esprit
avant qu'elle sût parler. Enfin on

admirait en elle tout ce qu'on eût
dû corriger, tout ce qu'il eût été si
facile alors de faire disparaître, et
qui causa par la suite autant de chagrin aux parens que de peines et de
souffrances à l'enfant.

Améline grandit ainsi au milieu
des louanges et de la tendresse de ses
parens qui seuls l'aimaient ; car bien
qu'elle ne fût pas méchante, elle
avait un tel esprit de désobéissance
qu'elle faisait constamment le contraire de ce qu'on lui demandait, et
causait continuellement des chagrins
à tous ceux qui l'entouraient. Sa
mère, qui ne voulait pas la punir, et
se trouvait cependant obligée de lui
faire faire quelque chose, prenait le
parti de lui défendre ce qu'elle désirait lui faire faire. Voulait-elle qu'elle

lût? elle lui disait, Améline, je te
défends de prendre ce livre et d'épeler; aussitôt l'enfant s'emparait du
livre, et se mettait à lire ou plutôt à
crier ses lettres jusqu'à ce qu'elle fût
lasse. La marquise enchantée de son
stratagême, s'applaudissait du succès, et ne voyait pas qu'elle donnait
ainsi à son enfant le défaut le plus opposé à son bonheur : car c'est en vain
que les éloges et la flatterie voudraient
déguiser aux femmes qu'elles sont
nées pour obéir, dans quelque rang
que la Providence les ait placées,
c'est le sort de toute leur vie ; c'est à
elles à se rendre l'obéissance facile,
en acquérant un caractère doux.
C'est par la bonté, la douceur,
qu'elles inspirent la confiance et
l'estime; c'est par elles qu'elles ar-

8...

rivent à régner sur ceux à qui elles sont soumises.

Madame d'Albincourt, trop jeune pour réfléchir sur les conséquences qui devaient résulter de sa faiblesse pour sa fille, suivait la seule idée qui l'eût frappée : c'était qu'il fallait que les enfans fussent libres et heureux. D'après cette maxime, Améline ne faisait rien de tout le jour, parce qu'il ne lui plaisait pas de faire ce qu'on désirait. Comme elle habitait Paris, elle ne pouvait pas continuellement courir, et s'ennuyait les trois quarts de la matinée qu'elle passait à se traîner de fauteuil en fauteuil, à grimper sur les tables d'où elle tombait souvent, parce qu'elle n'avait pas écouté lorsqu'on l'avait prévenue que la chaise était mal posée,

où la table peu solide; enfin, après
avoir pleuré, crié, tourmenté tout le
monde, elle finissait ordinairement
par bâiller et s'endormir. La marquise ne pouvait se dissimuler que sa
fille n'était pas ce qu'elle désirait;
mais comment faire pour ne pas
troubler le bonheur dont l'enfance
doit jouir, et l'occuper à des choses
qui lui déplaisent, disait-elle à son
mari? Dès que je lui montre l'envie
de lui faire apprendre quelque chose,
elle s'y refuse; si j'insiste, elle prend
de l'humeur, elle pleure, je n'ose pas
employer l'autorité, car « l'enfant
» doit être libre, il ne faut le con-
» traindre en rien. » — Non, ma
chère, gardez-vous en bien, répon-
dait le marquis; tranquillisez-vous,
cela viendra, elle est encore si jeune!

Sans doute elle était jeune, mais la
désobéissance dangereuse, préjudi-
ciable au bonheur des enfans de tous
les âges, l'est encore plus dans l'enfance que plus tard, parce que dans
ses premières années, privé de force et
d'adresse, l'enfant l'est encore de pré-
voyance; il ne connaît pas les dan-
gers dont il est sans cesse environné,
et ne peut les éviter qu'en obéissant
à ceux qui sont préposés par Dieu
même pour les en préserver : ces
personnes sont leurs père et mère, ou
ceux qui les remplacent, comme les
gouverneurs ou gouvernantes, les
maîtres, etc., etc. Améline et ses
parens en firent bientôt la triste expérience, et déplorèrent trop tard la
fausseté du système qu'ils avaient
suivi.

On était aux premiers jours du printemps, un soleil brillant invitait à la promenade. La marquise demande à sa fille si elle veut venir à la campagne. Elle accepte avec empressement ; on monte en voiture avec mademoiselle d'Armigny, souffre-douleur plutôt que gouvernante de la jeune Améline. On arrive à Neuilly, où madame d'Albincourt avait une maison charmante avec un jardin délicieux qui s'étendait jusqu'au bord de la Seine; un gazon magnifique allait en pente jusqu'à la rivière qui, en le baignant, le rendait plus vert et plus beau. Après plusieurs tours de promenade, on revint à la maison pour faire un second déjeûner que l'exercice avait rendu nécessaire. Améline mangea

beaucoup, but également, malgré
les avis répétés de mademoiselle
d'Armigny, et ne s'en trouva pas
plus raisonnable à la fin du repas.
Pendant qu'on était à table, il
passa un nuage qui donna une forte
pluie, mais elle dura peu. Améline
voyant de nouveau briller le soleil,
voulut sortir encore; madame d'Albincourt l'engagea à n'en rien faire,
lui objectant que les chemins seraient gâtés par la pluie, les gazons
humides; rien ne put l'arrêter. La
marquise voulait au moins rester,
et que sa gouvernante l'accompa-
gnât; heureusement pour cette dernière, l'impérieuse petite fille exigea
que sa mère vînt, et celle-ci la suivit. Tant qu'il plut à l'enfant de rester dans les allées sablées, il n'y

avait que l'inconvénient d'avoir les
pieds mouillés ; mais bientôt attirée
par la beauté du gazon brillant encore des gouttes d'eau qui s'étaient
arrêtées à l'extrémité des brins d'her-
bes les plus élevés, l'indocile petite
fille se mit à traverser en courant le
tapis qui conduisait à la Seine. En
vain sa mère la rappelle ; la voix qui
parvient à son oreille semble un ai-
guillon qui précipite sa course ra-
pide ; ses pieds légers effleurent à
peine la terre. Sa mère, sa pauvre
mère l'admire encore, tout en se fâ-
chant de sa désobéissance ; mais
tout-à-coup Dieu, qui punit et la
faiblesse des parens et la résistance
des enfans, les frappa toutes deux
en même temps : Améline emportée
par la pente du terrain et la force

avec laquelle elle court, approche
du bord de l'eau ; la terre plus grasse
rend l'herbe glissante, le pied lui
manque, elle tombe et roule dans
le fleuve, en poussant un cri qui
retentit dans le cœur de sa mère !...
La marquise s'élance vers l'endroit
où elle a vu tomber sa fille, en appe-
lant au secours ; mais personne ne
l'entend, pas un bateau n'est sur la
rive, elle n'aperçoit pas l'enfant !...
elle se meurt de douleur et d'effroi !..
et perd l'usage de ses sens. Par un
bonheur extrême mademoiselle d'Armigny avait suivi de loin madame
d'Albincourt, tout en réfléchissant
à la folie de cette mère qui ne savait pas refuser à sa fille, même une
chose qui lui était nuisible. Elle mar-
chait silencieusement à quelques pas

d'elle : entendre son cri, voler sur
ses traces fut l'affaire d'un instant.
Elle n'avait pas vu tomber l'enfant,
mais elle avait prévu la possibilité
de ce malheur, et l'état de la mère
lui indiqua ce qu'elle devait chercher. En effet, la courageuse fille
se débarrasse à la hâte d'une partie
de ses vêtemens, et descendant avec
précaution dans la rivière, elle
plonge tout en suivant le fil de l'eau
et le bord de la pièce de gazon, se
soutenant d'une main, et de l'autre
cherchant à rencontrer les habits de
la jeune imprudente ; elle y parvient,
elle saisit le bout de sa robe, l'at-
tire, et amène bientôt le corps ina-
nimé de celle qui, l'instant d'avant,
ne voulait reconnaître aucun péril,
suivre aucun avis ; elle les a dédai-

gnés, et la voilà anéantie!.. Maintenant mademoiselle d'Armigny a ou-
blié qu'Améline n'est dans cet état
que par sa désobéissance, elle ne
songe qu'à la rendre à la vie; elle
la ramène à terre, soulève avec
peine ce corps sans mouvement, et
rendu plus pesant encore par l'eau
dont les habits sont imprégnés; elle
la dépose sur le gazon, la déshabille
entièrement, l'enveloppe dans son
schall, et s'aperçoit, seulement alors,
que pour porter l'enfant plus loin
elle a besoin de s'habiller elle-même;
elle se débarrasse de ce qu'elle avait
gardé sur elle, remet sa robe, et ré-
prenant Améline dans ses bras, elle
s'achemine vers la maison sans savoir si toute la peine qu'elle se donne
n'est pas inutile, et si Améline existe

encore. Dès qu'elle fut à portée
d'être entendue elle appela, on vint
à sa rencontre; elle envoya au secours de la malheureuse mère, puis
chercher le médecin avec tout ce
qui pouvait être employé pour rappeler l'enfant à la vie, puis pour-
suivit courageusement sa marche;
arrivée dans la chambre, elle la dépose sur un lit, la frotte, et croit
sentir vers le cœur un léger batte-
ment; alors oubliant son inquiétude,
sa fatigue, elle remercia le ciel de
lui avoir permis de sauver cette
jeune créature, et lui demanda avec
instance qu'en lui rendant la vie il
lui donnât aussi la docilité, sans
laquelle il ne peut y avoir d'éducation, et par conséquent pas de bonheur, puisque c'est par elle que nous

apprenons à connaître et à suivre
nos devoirs, que c'est elle qui nous
éclaire sur nos défauts, nous aide
à les vaincre et à devenir aimables
et bons. Sa prière dictée par la même
charité qui venait de lui faire exposer sa vie pour sauver celle d'un enfant qui ne lui avait causé que des
peines jusqu'à ce jour, fut trop
agréable à Dieu pour n'être pas
exaucée.

Bientôt Améline donna quelques
légers signes d'existence. Le médecin
que l'on avait été chercher lui donna
tous les secours de son art, et parvint à la ranimer; mais comme elle
était tombée dans l'eau après un repas où elle avait mangé sans modération, le saisissement et la peur lui
causèrent une maladie aussi grave

que dangereuse ; elle resta long-
temps entre la vie et la mort, et ses
parens inconsolables se reprochaient
amèrement leur faiblesse et la fausse
application qu'ils avaient donnée à ce
système de bonheur nécessaire aux
enfans. Mademoiselle d'Armigny,
qui, par son généreux dévouement,
avait acquis des droits à leur reconnaissance, leur en avait démontré
l'abus, et prouvé que si l'enfant ne
doit pas être tyrannisé, il ne doit pas
non plus dominer les autres et tout
soumettre à sa volonté ; qu'il doit
être guidé, conduit, et que s'il est
dangereux de fatiguer ses jeunes or-
ganes par une application trop forte,
il est nécessaire de les exercer, et de
faire contracter à l'enfant l'habitude
d'être occupé par un travail propor-

tionné à ses facultés morales, à ses
forces et à son âge. Convaincus que
celle qui avait su exposer sa vie pour
sauver celle de leur fille, était inca-
pable d'abuser de l'autorité qu'on
lui confierait sur elle, le marquis et
sa femme, trop heureux de voir enfin
Améline rendue à leurs vœux, la
mirent entièrement sous la direction
de mademoiselle d'Armigny, qui eut
d'abord beaucoup de peine à réfor-
mer ses nombreux caprices, mais
parvint cependant à la rendre aussi
douce, aussi obéissante qu'elle avait
été impérieuse et violente. Soumise
à une application réglée d'après sa
capacité, elle avoua bientôt elle-
même qu'elle était beaucoup plus
heureuse depuis qu'elle était constamment occupée, que dans le temps

où elle passait sa journée à ne rien
faire et à suivre toutes ses fantaisies;
maintenant, aimée de chacun, on
cherche à prévenir ses désirs, tandis qu'à l'époque où elle rendait tout
le monde esclave de ses caprices,
ce n'était jamais qu'à regret qu'on
s'occupait d'elle ; car la certitude
d'en éprouver des désagrémens la
faisait détester de tous ceux qui l'approchaient. Plus Améline grandit,
plus elle sentit toute la reconnaissance qu'elle devait à mademoiselle
d'Armigny, et son attachement pour
elle lui fit surmonter toutes les difficultés que sa première éducation
lui avait préparées. La marquise ne
tomba plus dans la même faute avec
ses autres enfans; attentive à leurs
besoins, elle le fut aussi à distinguer

ce qui tenait au caprice, et ne souffrit plus qu'on obéît à ce sentiment impérieux, qui est un des premiers qui se manifestent chez les enfans.

Améline et sa mère en avaient trop souffert, pour n'en pas connaître tous les inconvéniens et toutes les nuances : ce fut au prix de la vie de sa fille que madame d'Albincourt acheta cette expérience ; ce fut au danger qu'elle avait couru qu'Améline dut la conviction qu'il est bien plus sûr pour l'enfant d'obéir à l'expérience des autres, que de se fier à la sienne.

FIN DU PREMIER VOLUME.

TABLE

DES MATIÈRES DU PREMIER VOLUME.

———————

FIN DE LA TABLE.

www.ingramcontent.com/pod-product-compliance
Lightning Source LLC
Chambersburg PA
CBHW051830020726
47502CB00005B/1720